たどりついたアイヌモシㇼで

——ウレㇱパモシㇼに生きる

水谷和弘 著

はる書房

たどりついたアイヌモシㇼで◎目次

はじめに伝えたいこと

あるりょうしのはなし　10

ノッカマップ・イチャㇽパの前日に記す　15

I　あなたの心にそっと触れたい

すばらしい挨拶　20

アイヌ先住民族とネイティブアメリカンが伝えてくれるもの　24

『アイヌ神謡集』と「アシタカせっ記」のこと　30

―断章―　あなたの心にそっと触れたい　36

真・間・魔／怨念と言霊の歴史

イランカラプテ何度でも

II　育み合い育てる大地で

アイヌモシㇼ一万年祭　42
オキクㇽミカムイは宇宙人なの？　46
森町の環状列石と私の夢　50
縄文・アイヌ文化を伝える土地に住む　52
〝民族〟として根源で繋がっていればいい　57
伝統儀式か無用の殺生か、生きることは殺すこと　60
季節を知るアイヌの星座　64
聖なる地、コタンコㇿカムイが来るところに　66
狩猟民族・先住民族から見た「私たち」　67
――断章――育み合い育てる大地で　72
アイヌモシㇼ一万年祭に寄せて／カムイノミ――禱《いの》りの中で
火、アペフチカムイ／知　ら　る　ら／カムイ
天気予報、外ればっかし／他人様を語るとき／自然の肉を食らう
種蒔きと収穫／大地はお母さん
北と南から流れる風／平和を望むなら

Ⅲ　緊急事態を知らせよ！

良き隣人ではなかった和人　90
ノッカマップの叫び声　95
ヘイトスピーチと平和憲法　98
炎の中の祈り　103
「文明」と「文化」私論　107
「聖地の伝説」は人類への警告　111
―断章―緊急事態を知らせよ！　123
日本の過ち／荒唐無稽の話／尊いを問う
原発と共存できる人と共存はできない人
福島第一原発事故処理作業を進めている人に／富と武器と親殺し
心の扉の向こう

Ⅳ　この世に役目をもって生まれた

ゴールデンカムイと火の鳥　142
自己紹介、あるいはきのこの話　145
偉大なる師ナナオサカキ　150
アイヌ古老女性からの贈り物　153
生きることの意味を死刑から考える　159
オオカミの役目　168
―断章―この世に役目をもって生まれた　173
あなたに届け、産土に帰るとき／働かせてくださいっ！
季節の到来／マッコあんちゃん／ノアの箱舟
春の声、聞こえますか／私だからできることが必ずある

おわりから始まること

私からの伝言　186
おわりから始まること、あるいは光の色で見ること　189
あとがき　199

はじめに伝えたいこと

あるりょうしのはなし

このはなしはむかしのはなしもあり、
このはなしはいまのはなしもあります。

うえがつづいたあるむらにひとりのりょうしがすんでいた。

そのりょうしはもりのなかでおおきなクマをいとめた。

りょうしは、そのクマにたいへんかんしゃしてよろこび、やがてそっといのりをあげた。にくなどはむらにもちかえり、かぞくとむらのひとにわけあたえた。

かぞくとむらのひとびとは、それはよろこび、かんしゃしていのりをあげてから、たべた。あまったにくはむらびとみんなで、ほしたり、しおづけにしたそうだ。

またほかのむらのはなしだが、
そのむらにもりょうしがすんでいた。そのりょうしはもりのなかでおおきなクマをいとめた。

りょうしは、

「おれがしとめたえものだ、ひとりでたらふくくって、のこりは、ほしにくとしおづけにくにして、とっておこう」

とかんがえた。

でもクマのにくはあまりにもおおく、とってもひとりで、ほしたり、しおづけにできません。そればかりか、のこりのにくがくさり、あたりいちめんに、そのくさいにおいがうつるしまつです。


さらに、そのにおいにつられてきたのでしょうか、おおくのキツネとオオカミがあつまってきて、そのにくをむさぼりくいます。

りょうしは、キツネとオオカミをおいはらうのですが、あまりにもおおくのかずのまえに、りょうしじしんキツネとオオカミのえさになりました。

のちにわかったことですが、そのりょうしのことが、かぜのうわさでしょうか、おおきなクマをたおしたとつたわり、そのりょうしがすんでいるむらのひとが、そのにくをすこしでもわけてほしいとりょうしのところにいくと、
そのりょうしは、

「おまえらにはくさったにくでもわけられない」
といいながらくさったにくをほおばっていたそうです。

りょうしはそのせいでしょうか、びょうきになり、キツネとオオカミをおいはらえず、えさになったのだ、と。

さらにほかのうえがつづいたむらにも、ひとりのりょうしがすんでいた。

そのりょうしは、もりでおおきなクマをいとめた。りょうしはよろこび、むらにもちかえり、にくをほしたり、しおづけにして、おかねやたからものとこうかんするのだといいだし、にくをわけてくださいというむらびとにただでくれるものなどないといったそうな。

そのはなしをきいたむらのおさは、
「こまっているときはおたがいに、たすけあうのだ。ずーっとむかしからそうしてきたのにどうした？」
とりょうしにきくと、
そのりょうしは、

「おれがびょうきでしにそうだったとき、だれもたすけにこなかった、それだけだ！」

という。

むらのおさは、

「それはみんながしらなかったからだ。しっていたなら、ひとりにさせてはおかなかった。そのことはすべておれのせきにんだ」

といってかえった。

いくときがすぎただろうか、むらのおさはりょうしのところにまたたずねてきた。むらおさのうしろにはおおくのざいほうがあった。

「おれのすべてのもちものだ。これでにくをわけてくれ」

といった。

りょうしは、

「わかった。にくをすべてむらおさにやる」

といいながら、しばらくかんがえごとをしているようだった。

りょうしはいった。

「むらおさよ、ほんとうにこまったときにこのもちものがひつようだろう。おれひとりではそのまねはできない。にくはひつようなぶん、おれはおれでとった。あとはひつようでない。むらおさのもちものも、おなじだ」

むらのおさとむらびとはたいへんよろこび、そのりょうしにかんしゃして、のちによいよめさんをせわして、りょうしはしあわせにくらしたそうな。


まだまだりょうしのはなしはあるそうな。いまいえるのは、

「よくばりもほどほどに」

「わけあうこと、よくはなしあうこと、たすけあうこと。あいたがいにしあわせになることをかんがえること」

そして、

「かんしゃを」

もうひとつわすれないで、これだけは。

「あいたたかわずいきることを」

ノッカマップ・イチャルパ[★1]の前日に記す

「もの」は腐る、発酵する、形が変わる、それが当たり前だと思っていた。「液体」は昇華する、気化する、それが当たり前だと思っていた。「気体」は「きたい」は……。今はどうだろう、腐らない、変わらない、……期待できないと。

プラスチックを代表とする「石油製品」、「核」と「金」が現れて、その結果、代わりに腐ったものは、期待できなくなったものは、何だっただろう。そう、「心」「精神」「魂」と言われているもの。たぶん本来、ものにもよるが、腐らないもの、変わらないものはないのだろう。

今は、思い込みと勘違いにより「心」「精神」「魂」が、「腐り」「壊れて」「きたいできない」時代に入ってしまっているのだろう。「飢え」「ひもじさ」は、「心」「精神」「魂」、そして「知識」にもアル。

〝肉〟をいわゆる金持ちだけに与えるのもいいだろう、皮肉ではない。今の時代、多くの民がそのようにしている。世界では、「長《おさ》」というリーダーシップをとっている「国」「民」がそうだ。アメリカを見よ。

海賊たちが、神の国――ネイティブアメリカンの「大地」と「心」「精神」「魂」を奪い、いまだ海賊の末裔《まつえい》たちが、すべてを奪いつくしそうとしている。私たち日本の「国」「民」も、神と人間がともに住む大地「アイヌモシㇼ」を、アイヌ＝「人間」ともども奪っている。

こういう私とて、加害者なのです。

神＝カムイからのプレゼントを循環という「かたち」で受け止めること。カムイを持たぬ私たちは、恐れを捨て去り、見返りを求めることをやめ、自ら変わらなければならない。でなければ、「海の民＝鯨」を、珊瑚《さんご》を、海のもの、「山の神＝熊」を、植物を、山のもの——あらゆる生物を、言い換えれば、一つの生きものとしてあるガイアを破滅に導いてしまうのではないか。

幼いころから、教育やマスメディア、文化が幻想を植え付けている。お互いに幻想を持って育っていくから、人間関係にいろいろ問題が起きるのだと思います。

「私にできること、できないこと、得意なこと、不得意なことあるけれど」

「あなたにできることは？　本当に必要なものは何？　教えて、私に仕事をさせて」

勘違いという溝《みぞ》もあります。思い込みという穴もあります。だから、コミュニケーションが必要なのだと思う。勘違いし合えば溝は広がり、思い込みすぎて穴に落ちれば底はルツボ。とにかく、私たちは催眠術にかかるのが好き、だけど解けるのが怖い。

思えば、ふかい、ふかい命の出会い——忘れていた出会いがあります。エンドレスリピートのこだわりのなか、いつしか恐怖と見返りの欲求に襲われる。それでも慌《あわ》てる必要はないのです。

あなたの「魂」の中から出た思いを、自ら深く認識すること。それらは、祈りに似たものか、祈りそのもので、何かのかたちでほかとつながっているのがはっきりと見えてきます。ある人は、直感でそれを見ることができるという。また、そのことを「ハイヤーセルフ★2とつながっている」と言っています。

ためらわず、焦らず、恥ずかしがらないでほしい。いくつもの命の中にあなたが許されている。それは、広い大きな愛。目を閉じてみて、今あなたがいるところを感じ取ってみて、あなたを包んでいるものに心を凝《こ》らして。そこに必要なものはあり、望むものはあるはずです。段取りを忘れないで。あなたの、道《タオ》があります、今、目の前に続いていきます。

逝《い》くな。黙って野垂れ死にするなんて、たまらない。

生きて生きて、のたうちのたうちまわり、待って待ちつづけて、聞いて聞きまくり、探して探して、ナゼナゼと好奇心を募らせ、森羅万象《しんらばんしょう》に思いを馳せる。「分かっている！」と天狗《てんぐ》にならず、受け入れていく。過去に私たちがやってきたことをためらわず聞く。良いことは続け、悪いと思ったなら、心の中にそっとメッセージ——たとえ話の失敗例として置いて先に進め。

否定のエネルギーが満ちる時代を終わりにしなければ、〈始まり〉は始まらない。始まりの始まりは、祈りに似た誰でも持っている、幼子の持つ小さな光。光よ、広がれ。この久遠《くおん》の宇宙の時が勿体《もったい》ない。今、広がれ。伝われ、今。このアイヌモシリを、このカムイの大地を、そしてすべてを輝かせることを祈る。

感謝をこめて。拝　礼　拝★3

★1　ノッカマップ・イチャルパ　一七八九年（寛政元年）五月、クナシリ島と対岸のメナシ地方で、横暴を極めた和人に対し、アイヌが蜂起した。この「クナシリ・メナシの蜂起」は松前藩に鎮圧され、蜂起のリーダーとみなされた三七名が処刑された。一九七四年から毎年九月、彼らの胴体が埋められた根室市のノッカマップ岬で、イチャルパ（供養祭）が行なわれている。

★2　ハイヤーセルフ　スピリチュアルな世界で言う「高次な自分（＝たましい）」。言語化できないが、たしかなものとして存在し、メッセージを「自分」に送っているとする。

★3　拝　礼　拝　アイヌの人たちの優美な挨拶の所作に触れて、文字でなぞろうという試み。

Ⅰ　あなたの心にそっと触れたい

すばらしい挨拶

アイヌは、祈りの作法正しく雑念を払いながら、どこまでも優しく言います。

「イランカラプテ[★1]・アンナー」

アンナーは地域（部族）によって言わないと聞きますが、私たちが住む荷負《におい》[★2]あたりでは付けています。

イランカラプテは「こんにちはの挨拶」であり、次の意味があります。

「失礼がないように心がけまして申し上げます。よろしければあなたさまの御心にそっと触れさせてください」

〝あなたさま〟は、森羅万象を対象にしていきます。アイヌは、土地の所有概念がなく、アニミズムとシャーマニズムの世界観を持ち、自然を崇拝し称えます。

挨拶の相手は、「アイヌ」＝人（同胞）であり、「チセ」＝家、「ユッㇰ」＝エゾシカのときもあります。「カムイ」＝神となった、「キムンカムイ」＝ヒグマ、「コタンコロカムイ」＝部族の守り神＝シマフクロウ、「チセコロカムイ」＝家、「カムイチップ」＝鮭、「カムイモシㇼ」＝大地、「ウエンクルカムイ」＝いたずら好きの神さま……古神道でいう八百万《やおよろず》の神々にもなります。

挨拶の相手「対象者」の気持ちを知ることは、相手の心と一体になること。挨拶を通して、アニミズム、そしてシャーマニズムの古きに立ち戻り、カムイの御心に触れるのです。動植物の声、心、魂――森羅万象の声、心、魂の動きを、静かに聴くことが大事だと、この挨拶は私に教えてくれました。それは、対象になる「もの」から、私たちのことを見ることもできることを教えているのだと思いました。すべての根源にある精霊に触れるということです。

イランカラプテ。あなたの心に、そっと触れさせてください。世界は広いと言うけれど、こんなすばらしい挨拶があるでしょうか。美しさと、慈愛があふれ出ている。私たちの遺伝子の中にはきっとあるのに、私たちは滅ぼした。また、アイヌも滅ぼされそうになったときはあったのでした。

アイヌの彫りものには、誰が考案したか象形の記号のようなものがあります。しかし、アイヌには、文字というものがありません。

アイヌ語を日本語のカタカナで表すのはあくまで記録のためです。実際にアイヌ語を聞くとき、その繊細さに心が震《ふる》えます。アイヌの言葉は一つの発音と、それと重なり合う発音で全体を表現していきます。それらは、うまく言えませんが、心の中に映る映像のような〝思いの流れ〟から、祈りのような言葉が生まれ出てくる。そのように、私は感じるのです。イランカラプテ・アンナーにしても、「こんにちはの挨拶」

だと簡単に紹介しては違ってきてしまうと思います。

ちなみに、アイヌ語をカタカナで表記する場合、モシㇼの「ㇼ」などは子音表記として小さく書きます。話すときは、口を閉じたり舌や歯を使って弱く発音しているのです。

「アイヌ」とは、アイヌ語で「人」を表します。アイヌ語は、日本政府の同化政策と経済を基本とした時代の流れによって、現在のアイヌ民族の日常会話からはほとんどなくなりました。例外として北海道ではたくさんのアイヌ語地名[★3]が現在も使われています。

言語をなくすことは文化の礎《いしずえ》を失うことを意味します。アイヌ語とアイヌの伝統的踊りや女性の入れ墨などの習俗を政府が禁止していた時期もあったのでした。

もし日本語が、言葉を発する前に心の中で映像が広がるようなものであり、無意識の中での祈りを伴うなら、嘘や自殺や犯罪が極端に少なくなると思います。相手を尊重し、自分を大切にして、大いなる自然に包まれる感覚を持つことにつながるからです。アイヌ語ができたなら（できるのですから）、日本語でもできるのではないでしょうか。ただし、それは「ゆとりがある」ことが条件だと思いました。

アイヌ――人とは何ぞや!!　その答えが、私がアイヌ語から感じたところにあるように思います。では、〝ゆとり〟とは……？

「アイヌモシㇼ」はアイヌ（人）のモシㇼ（大地）です。別の表現として、「ウレㇱパモシㇼ」という言葉があります。その意味は、「互いに育み合い育て合う大地」であり、北海道を指します。大地（＝地球）は、太陽からの恵みを受け、そのもとで私たちは存在します。私たちが、地球、モシリ、アース、テラ、あるいは天を内包してガイアと呼ぶ場所――そこに、私たちの生活と糧《かて》はあります。ゆとりが、そこにあるかを考えていければと思っています。

★1　**イランカラㇷ゚テ**　「北海道のおもてなし」キャンペーンでも使われてきた言葉。「あなたの心にそっと触れさせてください」という解釈はできないという説もある、「こんにちは」の挨拶としては、地域によって「イナンカラㇷ゚テ」（帯広）、「イランカラフテ」（樺太《からふと》）、「イカタイ」（日高）などがある。

★2　**荷負**　北海道の日高地方、沙流郡平取町《さるぐんひらとりちょう》の字《あざ》の一つ。人口は二〇〇人ほど。南隣の地区（字）二風谷《にぶだに》には萱野茂二風谷アイヌ資料館、平取町立二風谷アイヌ文化博物館がある。平取町は「アイヌ文化の1つの拠点の町」（同町ホームページより）。アイヌ語や歌と踊りなどアイヌ文化を後世に伝える活動も盛んである。アイヌ文化復興の旗手アシリ・レラさんも二風谷の人。

★3　**アイヌ語地名**　アイヌモシㇼでは、その場所の地形の特徴や自分たちが利用するそこでとれる動植物などをもとに地名を付ける傾向がある。特に、札幌［サッポロペッ＝乾く・大きい・川］、登別［水の色の濃い川＝ヌプペッ］など、川にちなんだ地名が多いという。私の住む沙流郡平取町荷負は［サㇻ＝アシ原］郡［ピラトゥㇽ＝崖・の間］町［ニオイ＝樹もしくは薪《まき》が多い所］になる。時代とともに本来の意味が分からなくなったり、諸説あることも少なくない。

アイヌ先住民族とネイティブアメリカンが伝えてくれるもの

「富はいらない。だが子供たちをまっすぐ育てたい」

滋賀県大津市で中学二年の男子生徒が自殺した事件があった。二〇一一年一〇月のことだ。翌年、市の教育委員会が自殺直後に全校生徒を対象に行なったアンケートがきちんと公表されていなかったことが分かり、大きな社会問題となった。当時の新聞報道によると、アンケートには、殴られていたり、蹴られていたり、集団リンチに遭っていたといった「暴力」に関する回答や「暴言・嫌がらせ」を記す回答も多かったという。それなのに、周りの生徒も、教師もいじめを止められなかった。そして、教育委員会は事件の背景を隠蔽《いんぺい》しようとした。この事件をきっかけにして、二〇一三年には議員立法による「いじめ防止対策推進法」が成立した。

少年は痛みを背負い、そんな彼にとって信頼こそ命の糧だったと思います。友だちに求め先生に求めた信頼が、いくつもいくつも絶たれ、傷ついた魂は生きる望みを捨てたのでしょう。いじめ防止対策推進法があっても、いじめ自殺はなくならない現実があります。

信頼を築ける関係性がなくなってきている。互いに信頼を築ける教育・文化・政治であってほしいと、私は切に思います。自身に、あなたに、私たちに問いかけるときがあります。

「私たちは自分で、命・心・魂を弄《もてあそ》ぶ行為をしつづけている。もしくは、自分自身が他人様から、命・心・魂を弄ばられてきた。それは、良いことでしょうか」

イランカラプテ・アンナーという言葉には、私が言うのも何ですが、アイヌ先住民族の奥深い共存精神があるのです。挨拶の作法を行なって、「あなたの心に、触れさせてください」と祈る。

イオマンテにしても、同じ精神を感じます。キムンカムイ（クマ）とともに暮らし、ともに遊び、ともに悲しみ、ともに苦しみ、ともに生きる。でも、生きるということは殺すこと。殺さなくっては生きていけない。この、無常の、生命賛歌です。むやみに命・心・魂を、弄んではならない、けして、命を粗末にしてはいけないよ、という強いメッセージがある。イオマンテは、簡単に言えばクマの霊を神の国におくる儀礼ですが、アニミズム、シャマーニズムの究極の教えだと私は思っています。この教えが、現在社会問題となっている、いじめや自殺、子殺しや親殺しを考え、その解決を導くように思うのですが。

冒頭はネイティブアメリカンの「言葉」です。アイヌのユーカラ（叙事詩、ユカラとも言う）、ネイティブアメリカンの詩（言葉）は、本来の姿は「口承」です。口承という口から口へと伝えられたものが、活字になると、本来は伴っている自然や物事にあるスピリットなどを失ってしまうことが多いと思ってます。

分かりやすく言えば、活字にすることで内容が一つに小さく概念化されて、変容なり応用なり広がりが難しくなり、言い換えれば〝決めつけられてしまう〟。だからアイヌやネイティブアメリカンは、活字の「文化」が入ってきても、あえて活字にしなかったのかもしれません。私が読んだ本に、こんな言葉が書き留められていました。冒頭の詩の全文と合わせ紹介します。

文明社会の人たちは、人が作った印刷物に頼りすぎている。私はグレート・スピリットが創った本をひもとく。そこには彼の創造したものすべてがある。もし自然を学びたいなら、その本の大部分にそれが書いてある。君たちの本を全部持ち出して、陽の下に並べてごらん。しばらくのあいだ雪や雨にさらし、虫に食べさせてごらん。すっかりあとかたも無くなってしまうだろう。ところがグレート・スピリットは、君たちにも私にも、森や川、山、私たち人間を含む動物について、〝自然の大学〟で学ぶ機会を与えてくれているのさ。

タタンガ・マニ　ウォーキング・バッファロー（ストーニー族）一九六九年
（ノーバート・S・ヒル・ジュニア編、ぬくみちほ訳『俺の心は大地とひとつだ～インディアンが語るナチュラル・ウィズダムⅡ～』二〇〇〇年、めるくまーる）

※　※

富はいらない。だが子供たちをまっすぐ育てたい。
富など、われわれにとってはなんの役にも立たない。
そんなもの次の世界へもっていけないじゃないか。
富なんぞいらない。欲しいのは、平和と愛だ。

レッド・クラウド（オガララ・ラコタ族）一八七〇年
（前掲書）

文字で紹介するしかないのはジレンマですが、仕方ないですね。ともあれ、ネイティブアメリカンの詩もしくはアイヌのユーカラと接する場合、読み手の今住んでいるところが都会なのか、田舎なのか、緑が多い所か、自然が豊かな所なのかという場所の影響があるでしょう。読み手の魂と詩や物語の魂とリンクすることができれば、文字という縛りから抜け出し、言葉は広がり、色をまとい音を伴い変化していく可能性があるかと思います。本来の口承であれば、より自由になっていきます。

つまり、ネイティブアメリカンとアイヌの創造する世界は、いわゆる文学という枠にあてはまるものではなく、聞き手が自然の魂とリンクしシンクロして何かを感じたとき、その本人が感じたものにかたちを変えていく。あるいは感じたものの通訳者となり、そのものと聞き手が互いを讃《たた》え、感謝する。そんな話し手と聞き手の姿があると思うのです。その姿は、自然のリズム——繰り返し、少しずつあるいは大胆に変容する自然のサイクルとともにあり、それ以下でもなく以上でもない教えを内在している。すごく簡単に言えば、自然との一体感があると思っています。

聞くという行為で、選択を決めるのは聞き手ですが、主客という関係は語る前まではあって、語り始めれば、どちらにもなれるものであるように思います。

主客が固定していない関係性は、「イランカラプテ・アンナー」のなかにもあると思います。また、アイヌ先住民族のユーカㇻやネイティブアメリカンの詩を考えたとき、彼らの共同体には富を独占する姿は存在しない。一時的にあっても、その富がいつか身を滅ぼす原因になることを教えているものが少なくない。そして、自らも含めてすべては自然からの贈り物で、やがて自然に帰っていく姿が語られていることが多いようです。言い換えれば、自然と多く触れると言うか、むしろ自然と一体となった生活のなかで生まれた、自ら（話し手）も対象（聞き手＝人と森羅万象）も癒す物語であり詩《うた》なのだと思います。

無責任、無節操、拝金主義がはびこる昨今、正反対な究極の世界が彼らの物語や詩にあり、静かに語り続けられています。子どもたちをどう育てたいのか、あるいは子どもたちはどう育つのか。私が好きな、絵本になった「エスキモー」の詩を引用します。

ずっと、ずっと大昔《おおむかし》
人《ひと》と動物《どうぶつ》がともに この世《よ》にすんでいたとき
なりたいとおもえば 人《ひと》が 動物《どうぶつ》になれたし
動物《どうぶつ》が 人《ひと》にもなれた。
だから ときには 人《ひと》だったり、ときには 動物《どうぶつ》だったり、
たがいに 区別《くべつ》はなかったのだ。
そして みんなが おなじことばを しゃべっていた。
そのとき ことばは、みな魔法《まほう》のことばで、
人《ひと》の頭《あたま》は、ふしぎな力《ちから》をもっていた。
ぐうぜん 口《くち》をついてでたことばが
ふしぎな結果《けっか》をおこすことがあった。
ことばは きゅうに生命《いのち》をもちだし
人《ひと》が のぞんだことが

ほんとにおこった――
したいことを、ただ 口《くち》にだしていえばよかった。
なぜ そんなことができたのか
だれにも 説明《せつめい》できなかった。
世界《せかい》はただ、そういうふうになっていたのだ。

（金関寿夫訳『魔法のことば〜エスキモーに伝わる詩〜』福音館書店、二〇〇〇年）

『アイヌ神謡集』と「アシタカせっ記」のこと

一九九七年七月に公開されたアニメ映画『もののけ姫』のエンディングテーマは、久石譲さん作曲の「アシタカせっ記」です。「せっ記」は宮崎駿監督の造語であり、正史に残らずに耳から耳へ伝えられた物語のことだそうです。鈴木敏夫プロデューサーと映画のタイトルを「もののけ姫」にするか「アシタカせっ記」にするかでもめたらしく、宮崎監督の思い入れが強い言葉とか。その言葉への思い入れを見事にかなえているのがこの曲でしょう。壮大なストリングスの響き、もののけ姫の世界観が最高に表現された一曲です。

ちなみに「せっ記」の「せっ」の漢字はパソコンで扱えない漢字らしく、「聶記」と表されることもありますが、『もののけ姫』の映画パンフレットを見ると、草を表す旧字の下に「耳」を横に二つ並べて作字しています。

耳から耳へ伝えられた物語――アイヌにとっては「ユーカラ」（ユカラと言う人もいる）です。世界三大叙事詩の一つとされることもありますが、短いものも何日もかけて語られる長いものもあって、カムイ（神）が自ら語る物語は特に「カムイユーカラ」として、人が語るユーカラ（ポンヤウンペという英雄の冒険譚《たん》が多い）と区別されます。

知里《ちり》幸恵《ゆきえ》という少女が『アイヌ神謡集《しんようしゅう》』という本を記《しる》しました。『もののけ姫』制作にあたり、宮崎監督はこの本を参考にしただろうと、私は思っています。

歌手の加藤登紀子さんは、『もののけ姫』のパンフレットで、この映画に描かれた神話は〈自然との対話が可能で自然を神としておがみながら、いただくものはいただいて共存しようというアイヌ的神話〉ではないかと指摘している。

『アイヌ神謡集』の原稿完成は一九二二年（大正一一年）九月。知里幸恵は言語学者の金田一京助との出会いをきっかけに、カムイユーカラを編訳しました。幸恵の祖母モナシノウクはユーカラクルと呼ばれるユーカラの謡い手で、幸恵は幼いころから毎晩ユーカラを聞いたと言います。

持病があった幸恵は、できあがった本を手にすることなく心臓発作で急逝《きゅうせい》。一九歳三か月あまりの短い人生でしたが、アイヌ民族の復権・アイヌ伝統文化の復活への道を切り拓いたのは間違いないと思います。

『アイヌ神謡集』は、幸恵が亡くなった翌年の一九二三年に、知里幸恵編として郷土出版社から出された。一時は絶版になったが、一九七〇年に札幌の本屋が復刻、七七年には岩波文庫に収められた。現在、英語、フランス語、ロシア語にも翻訳されているという。インターネット図書館「青空文庫」でも読むことができる。

金田一が幸恵と会って才能を見抜いたとき、彼女は一五歳だったという。その後、ひたむきにユーカラに取り組み、『アイヌ神謡集』には一三編のカムイユーカラを収めることができた。私は?

……もののけ姫とアシタカせっ記の世界に惹かれた。北海道=アイヌモシリに移り住んだ。アイヌ神謡集を知った。それらのことはバラバラなようでいて、私を過去に遡《さかのぼ》らせる道標《みちしるべ》のように思う。一五歳だった私は、〈不良少年グループと付き合うようになり〉〈シンナー遊びも覚えて非行を重ね〉(七二年九月一八日付「朝日新聞埼玉版」)、一六歳で〝札付きの不良〟と新聞社会面を賑わすことになる。そして、長い道を歩きつづけて、今、アイヌモシㇼにたどりつき、ウレシパモシㇼに生きる。

知里幸恵が書いた序文は民族の誇りを高らかに謡う。まだ十代なのに、なんという名文だろう。

序

その昔この広い北海道は、私たちの先祖の自由の天地でありました。天真爛漫な稚児の様に、美しい大自然に抱擁されてのんびりと楽しく生活していた彼等は、真に自然の寵児、なんという幸福な人だちであったでしょう。

冬の陸には林野をおおう深雪を蹴って、天地を凍らす寒気を物ともせず山又山をふみ越えて熊を狩り、夏の海には涼風泳ぐみどりの波、白い鷗の歌を友に木の葉の様な小舟を浮べてひねもす魚を漁り、花咲く春は軟らかな陽の光を浴びて、永久に囀《さえ》ずる小鳥と共に歌い暮して蕗《ふき》とり蓬《よもぎ》摘み、紅葉の秋は野分に穂揃うすすきをわけて、宵まで鮭とる篝《かがり》も消え、谷間に友呼ぶ鹿の音を外に円《まど》かな月に夢を結ぶ。鳴呼なんという楽しい生活でしょう。平和の境、それも今は昔、夢は破れて幾十年、この地は急速な変転をなし、山野は村に、村は町にと次第々々に開けてゆく。

太古ながらの自然の姿も何時の間にか影薄れて、野辺に山辺に嬉々として暮していた多くの民の行方も亦いずこ。僅かに残る私たち同族は、進みゆく世のさまにただ驚きの眼をみはるばかり。しかもその眼からは一挙一動宗教的感念に支配されていた昔の人の美しい魂の輝きは失われて、不安に充ち不平に燃え、鈍りくらんで行手も見わかず、よその御慈悲にすがらねばならぬ、あさましい姿、おお亡びゆくもの……それは今の私たちの名、なんという悲しい名前を私たちは持っているのでしょう。

その昔、幸福な私たちの先祖は、自分のこの郷土が末にこうした惨めなありさまに変ろうなどとは、露ほども想像し得なかったのでありましょう。

時は絶えず流れる、世は限りなく進展してゆく。激しい競争場裡に敗残の醜をさらしている今の私たちの中からも、いつかは、二人三人でも強いものが出て来たら、進みゆく世と歩をならべる日も、やがては来ましょう。それはほんとうに私たちの切なる望み、明暮《あけくれ》祈っている事で御座います。

けれど……愛する私たちの先祖が起伏す日頃互いに意を通ずる為に用いた多くの言語、言い古し、残し伝えた多くの美しい言葉、それらのものもみんな果敢なく、亡びゆく弱きものと共に消失せてしまうのでしょうか。おおそれはあまりにいたましい名残惜しい事で御座います。

アイヌに生れアイヌ語の中に生いたった私は、雨の宵、雪の夜、暇ある毎に打集って私たちの先祖が語り興じたいろいろな物語の中極く小さな話の一つ二つを拙ない筆に書連ねました。

私たちを知って下さる多くの方に読んでいただく事が出来ますならば、私は、私たちの同族祖先と共にほんとうに無限の喜び、無上の幸福に存じます。

（インターネット図書館「青空文庫」より）

断章　あなたの心にそっと触れたい

真・間・魔

怒る・叱る側と怒られる・叱られる側。
怒る、起きてしまうと思います。
叱る、然るべき道を諭《さと》す。
どう受け、どう諭すか、どう受け取ったか。
間がありすぎるときは、間抜けになるときも大いにありうる。
間が無ければ、魔に入るときも大いにありうる。
どちらも相手の気持ちになる・なれるとき、真の心を話して・話されたら良い。
相手の気持ちにそっと触れる「イランカラプテ・アンナー」。
こんな気持ちが、こんなことを、
間と魔に付け入れられる前に、真に思い浮かべられたら良いと思いました。

怨念と言霊の歴史

皆仲良くしようよ。しないと、怖い目にあうぞ。時と場合だけれどね。

アフリカ単一起源説を肯定するなら、
人の祖先はアフリカのルーシーと名付けられた猿人より始まったなら、
北海道の大地に最初に渡ってきたのは、アイヌでしょうか。
早い者勝ちもあるかもしれませんが、狩猟採集民としての意義を考えます。
農耕民のヤマトではなかったのは必然のように思います。
それでもアイヌも渡来してきたのですから、ヤマトと同じ土俵に立つことも時に必要。
怨念《おんねん》を抱き続ければ、恨みは自らに返るかと思います。
でも、そんな恨みを持って生きる先住民族はいないと思います。
アイヌに対する侵略と差別は歴史上の事実で、
その事実に対し日本政府は繰り返さないことを約束し謝罪するべきと思います。
単一民族を主張することにどんな意味があるのでしょう。
植物を例にしても、
単一の植生を形成して在来の多種の植生を侵略していく植物があるそうですが、

その植物は少しの環境変化にも種の存続が脅かされるとか。
生き物には、ヒトも含めて多種多様生物空間が必要なのです。
意識したことでしょうか、それとも本能でしょうか、
日本は他民族との同化を繰り返してきました。
戦国時代よりも前に遡れば、
民族という概念を越えておのおのの存在が「言霊」を持っていたと思います。
いえ、「怨念」を越える何かをしてきたのだと思います。
しかし、時代を追って、貨幣経済と流通の文化が、
支配する側から見て「進み」、
支配する側の中心地が、遠隔地の富を利用しようと侵略が始まったのだと思います。
言霊はしだいに失われ、怨念が渦巻き始めます。
侵略、奪取、強姦、政略結婚。結果として、混血化が進みます。
私たちの血の中に
アイヌもしくはエミシ、ツチグモ、サンカ、安曇野、出雲、クマソ、ウチナーという
先住民族の血が流れている。
遠くは、アラブ民族・ユダヤ民族・漢民族・朝鮮民族・環太平洋の民族の血も
混ざっていると考えます。

……日本の各地の残る祭りには
さまざまな民族をうかがわせるお面や飾り物や所作があります。
魔・間をつりあわせようとするのが祭りごとと思いますし、
言霊の歴史を伝えているようにも思うのです。
一人ひとりの思いが
それぞれの怨念を越える「真実の優しさ」になっていけば、
私の心があなたの心にそっと触れようとすれば、
もしくは自然界と繋がる祈りと行動が己にあればいいのです。
そんな世界では、怨念は受けない・知らない・解らないと思います。
私の妄想の世界から見て語りました。あいも変わらず乱文です、読み手の方御免なさい。

拝　礼　拝

イランカラプテ何度でも

私に、ジェラシー（嫉妬《しっと》）があると壊れていきます。

何度も、壊れてきた私です。
でも、それを抑えて、何とか生きがいに変えたとき、
自分のなかに変化が見えてきたことがありました。
それは、相手の優しさ思いやりに気が付いて、
自分の寂しさに気が付いた、そんな変化の訪れです。
その確信は、こちら北海道に来て深まりました。
それはアイヌの言葉で、イランカラプテがあります。
意味は、こんにちは、あなたの心にそっと触れさせてください。
あなた＝相手とは「生きとし生ける存在、森羅万象すべてです」。
自我を捨てて、相手の立場になりきって考えることです。
今のご時世忙しいからと理由付けても、
トテモトテモ大事なこと、ということでした。

II　育み合い育てる大地で

アイヌモシㇼ一万年祭

北海道は、先住民族アイヌの大地、ウレㇱパモシㇼ。ウレㇱパの意味は互いに育み合い育てる、モシㇼは大地だ。

江戸時代から、日本、特に松前藩の商人によりアイヌへの侵略と略奪が繰り返され、土地所有概念のないゆえに土地を奪われ、アイヌとしての名前まで奪われた大地が北海道です。

明治時代以降、そこへたどり着いた人は、日本各地から寄せ集められた屯田兵《とんでんへい》であり、そこは懲役刑の強制労働の場であり、第二次世界大戦終結まで朝鮮人や中国人の強制労働の場であり、支配・被支配がハッキリ分かる場所でもありました。

アイヌは子育て上手と言われていて、屯田兵や強制労働者の子どもがアイヌの村へ捨てられたこともあったそうですが、彼らは心良く育ててあげたと聞きます。さらに、屯田兵や強制労働者が逃げ出してアイヌの村に居つき、そこで結婚して一生を終えた人もいるとも聞きました。

池澤夏樹さんの史実を踏まえた小説『静かな大地』で、アイヌとともに牧場を拓く宗形三郎が恋するのは「エカリアン」（向こう側にいる人という意味）という名前の幼馴染みです。求婚する段になって、彼女はアイヌ夫妻が育てた和人の子だと分かります。その名も取り上げた産婆《さんば》のフチ（祖母）が付けたのでした。

明治時代に日本を探検したイギリス人女性イザベラ・バードは、『日本奥地紀行』のなかで日本人を酷評しているようですが、アイヌに対しては「親切だ」という印象を記しています。彼女は平取にも滞在し、アイヌの「上品な挨拶」など、その暮らしぶりを記録しました。また、平取を「非常に美しい場所にあって、森や山に囲まれている」と紹介しています。

私が知る限り、アイヌの世界観には日本にあった身分制度はなく、宗教という考えはなく、カムイが自然そのものであり、かつ人が知るもの——自然現象や道具もカムイそのもの、日本でいう「もののけ」もカムイの一つです。

このような考えですから、飢えに備えて姨捨《うば》てする『楢山節考《ならやまぶしこう》』に類いする話などはなく、個人の貯蓄という概念は持たず、「蓄え」は部族の長《おさ》が仕切っていたと。また、文字を持たない民族ゆえ文書化された規則などはなく、部族の仲間同士でそれぞれの考え方や癖などお互いのあり方を覚え、戸籍係にあたることも長が担っていたと言います。

明治維新後、新政府は北海道開拓に乗り出し、北海道のより豊かな場所を求めて、そこに住むアイヌ民族を追い出して開拓していく。軍馬をつくり育てる新冠《にいかっぷ》では、そこに住み豊かな暮らしをしていたアイヌを、遠く離れた辺境の地に強制移住させた。

しかし、移住されられた場所――現在の平取町貫別旭地区がたいそう不便であったために、人びとは次つぎとそこから出て行き、時代を追うごとに寂《さ》びれていった。そして、その地に一人残されたフチ（おばあさん）が祖霊の眠る大地＝旭地区を守っていたが、高齢の不自由さゆえ養老院へ入ることになり、守ることができなくなると嘆き悲しんでいた。これを知ったアシリ・レラさん★1がフチに約束して始めたのが「アイヌモシㇼ一万年祭」と聞き覚えている。

アイヌモシㇼ一万年祭を初めて開催したのは一九八九年のことだ。平取町二風谷のアシリ・レラさんのところに私が転がり込んだのが九九年、それ以来、住まいは近所に移したが、祭りの手伝いはずっと行なってきた。

毎年八月の半ば一週間ほど、約束の地、旭で祭りは開催。期間中はアイヌの踊りや歌、飛び入りライヴなどが披露される。参加者は近年では多いときで六〇〇人ほど。初日と最終日には火の神に向かって「カムイノミとイチャㇽパ（先祖供養）」が執《と》り行なわれるが、祭壇の前に設《しつら》えられた焚き火は常に燃えている。全国からやって来る参加者たちは、電気・ガス・水道がない、ほとんど電波が届かないから携帯ともSNSとも離れた日々を送ることになる。

なぜ一万年なのか。それは一万年前の原点に戻ろうというアシリ・レラさんの思いがある。約一万三〇〇〇年前は、日本列島は大陸と地続きであった、そこに人種とか国境とか支配はなく日本は大陸の一部で広く行き来できる自由な大地だった。アシリ・レラさんがフチと交わした〝祖霊の眠る大地を守る〟約束は、こうして過去と未来を結ぶ架け橋の祈りとして、大きく広がっていったのだった。

二〇一八年で三〇回目になる「アイヌモシㇼ一万年祭」は、毎年アシリ・レラさんとスタッフは一か月半ほど前から準備にかかります。会場の建物やステージの修繕、草刈りや屋根の張り直し、会場中央で開催中燃え続ける巨大アペフチカムイ（火の神さま）のための薪等の確保などさまざまなことをやります。

祭りの開催三日前には国道より会場までの案内の看板を立てて、祭りの間は六ヶ所のトイレ掃除をやり、また参加者とスタッフの飲料水を用意し、炊き出しというかたちで大量の食事をつくっています。その間スタッフは、夏の高温と日差し、および虫の大群・スズメ蜂・毒蛾・ヘビ、イラクサなど害や毒になる動植物と向かい合って、皆さんの安全確保をしています。ごくまれにマムシとも向き合うことがあります。そうして「祈りの場と交流の場」をつくり守っているのです。

★1　アシリ・レラさん　一九四六年生まれ。北海道平取村二風谷出身、在住。中学生のときにアイヌの人権問題に強い関心を持ち行動に移す。以降、アイヌ民族、環境、平和にかかる活動に取り組んできた。七九年には「沙流川を守る会」を立ち上げてダム建設の反対活動に取り組む。八九年にはアイヌモシㇼ一万年祭を行なうほかフリースクールを兼ねた「山道アイヌ語学校」を開校。世界にネイティブアメリカンやアボリジニなど先住民族たちを訪ねて交流するなど活動は多彩。実子、養子十数人を育てている肝っ玉母さんでもある。戸籍名は山道康《やまみちやす》子《こ》。アシリ・レラはアイヌ語で「新しい風」の意。

オキクㇽミカムイは宇宙人なの？

平取町は、現在もアイヌ民族が多く暮らしていることで知られている。私が住む平取町荷負には「オキクㇽミカムイのチャシとムイノカ」があります。二〇一四年には国指定文化財「名勝ピㇼカノカ（アイヌ語で美しい形）」に加えられています。

荷負本村や貫気別の人たちが、通り道であるそのオキクㇽミカムイのチャシの近くを通るときは、頭に付けているかぶり物など取り外し、また不浄な女の人など通行するときは、近くに住むシクシナというアイヌに厳重に注意されるため、わざわざ裏道を歩かされるほど聖地のそばを遠慮しながら通行した、と伝えられております。

（『荷負自治会郷土史』より）

チャシとは居城や祭祀《さいし》の場などを言い、平取町にはその跡がたくさんあります。オキクルミカムイの居城と伝えられる美しい崖地には、箕《み》の形をした半月形の岩があります。ムイノカは箕のことで、ここにオキクルミカムイが妻と住んだと言われ、箕は妻が置いていったものだそうです。とても大事にされ、祀《まつ》られてきた場所であり、この地域の住民はオキクルミカムイが降臨した土地に住む者として誇りに思い、また他地域の人びとから敬意が払われていたとのことです。

「オキクルミ」は「カムイユーカラ」（神謡《かみうた》）に登場する人間（アイヌ）の始祖となる英雄であり、アイヌに生活文化や神事を教えました。オキクルミはアイヌ語で「輝く皮衣を着る者」という意味だとか。「アイヌラックル」の別名とも言われますが、こちらは「人間くさい神」。また、知里幸恵さんのアイヌ神謡集では、「オキキリムイ」と表記されています。

オキクㇽミはシンタ（ゆりかご）に乗って東の空から降臨したという言い伝えもありますし、アイヌラックルは燃え盛る炎の中から生まれたと山本多助さんの記した「アイヌ・ラッ・クル伝」にあります。ネットで検索してみると、次のような面白い紹介がありました。

義経神社は、寛政10年頃、近藤重蔵が源義経公の像を寄進して創立したとされる古社である。一般に義経は奥州平泉で自刃したとされるが、実は密かに逃れて三厩から蝦夷地に渡ったとする義経北行伝説が古来よりまことしやかに伝えられている。もともと平取にはアイヌ民族の始祖に関する伝説が多く、神社のあるハヨピラ（武装した崖の意）もアイヌの文化神オキクㇽミカムイが降臨した土地と伝えられていた。オキクㇽミカムイは家造りや織物、狩猟法など様々な知恵をアイヌに授け、アイヌ民族の生活の起源を拓いたとされる神である。そこに義経北行伝説が入り込み、和人がアイヌを鎮める政策としてオキクㇽミカムイと義経が意図的に結びつけられ、いつしかアイヌはオキクㇽミカムイと義経を同一視するようになった。明治11年に平取を訪ねたイザベラ・バードの『日本奥地紀行』を読むと、当時のアイヌは、義経を自分たちの民族の偉大な英雄としてうやうやしく祀っていたことがわかる。

（中略）

古代遺跡とＵＦＯは何らかの関係があるということは現代においても否定しがたいものがあるが、ＵＦＯ研究団体のＣＢＡ（コズミック・ブラザーフット・アソシエーション、宇宙友好協会）は、各地の民族伝承を調査する中で、アイヌの文化神オキクㇽミカムイの伝説に着目、オキクㇽミカムイは宇宙人であると結論づけた。

（「北海観光節／小さな旅行記／錦秋日高道／ハヨピラ　2006・10・21」）

義経が自害せず北へ逃げたという「義経北行伝説」は江戸時代から広められ、北海道から海を渡ってチンギス・ハーンになったというお話もあるほど。蝦夷地でカムイになっても不思議はないかもしれませんが、アイヌの人たちはどう思ったのでしょうか。二〇〇六年にプレステで発売された「大神《おおかみ》」というアドベンチャーゲームには重要なキャラクターとして「オキクルミ」が登場します。炎の中から生まれたり、生活文化を伝授したり、大活躍するオキクㇽミカムイを宇宙人と見るのは、ナスカの地上絵と宇宙人を結びつけるのと近い感性なのでしょう。いずれにしろ、オキクㇽミカムイはアイヌの人たちにとっては身近な存在なのだと思います。オキクㇽミは実は宇宙人だったという話には、私はロマンを感じないのですが。

森町の環状列石と私の夢

北海道一の規模、森町にある環状列石《かんじょうれっせき》は、過去に高速道路建設のため破壊の危機がありました。

ある日、運転手兼同行者としてアイヌの友人に連れられ、森町の役場、教育委員会へ赴きました。アイヌの彼は、そこで「俺の先祖の墓であり、貴重な考古学的資料となる環状列石を破壊するな、むしろ観光の資源とせよ」と申し入れたのです。その夜、私は、こんな夢を見ました。

部落に飢饉《ききん》が襲い、疫病が流行ります。長《おさ》がシャーマンに懇願すると、シャーマンは精霊を呼びます。そして、部落に住むすべての民が各々大小の石を持ってシャーマンのいる広場に集まってきます。病気の者もおぶわれながら、あるいは足を引きずりながら小石を大切そうに持ってきました。すべての民が揃うと、輪になって祈りを捧げ、シャーマンを通して精霊の声を聴きます。その導きに従って、部落のみなが新しい地へ移動することになり、その列が続きます。

黒澤監督の『夢』ではないが、フクシマは原発事故によって、この夢のようになっていると言えないだろうか。しかし、この地にシャーマンはいないはずだ。いや信用ならない偽《にせ》のシャーマンがいる。日本の民が偽シャーマンに騙《だま》されて進んでいかないことを願うばかりです。

この森町にある環状列石とは鷲ノ木遺跡のことです。二〇〇二年に北海道縦貫自動車道の工事中に発見され、調査の結果、縄文時代後期（約四〇〇〇年前）に約六〇〇個の石で作られた環状列石があることが分かりました。遺跡のある区間は道路にする予定でしたが、アイヌの人たちや学術団体などからの現地を保存せよとの要望が多数寄せられます。結局、同区間をトンネル化することで、遺跡と高速道路の併置が図られたのでした。その後、森町が主催する期間限定の見学会が開かれていますが、将来的には整備して常時見学できるようになるのかなと思っています。

縄文・アイヌ文化を伝える土地に住む

一〇年ほど前に私は八年間借りていた荷負の家を買いました。その我が家の土地と家の周りの私が管理している畑から石器をはじめ多彩な物たちが出土します。磨石《すりいし》や石皿、削器《さっき》（スクレーパー）、石斧、ナイフ型石器などの遺物が出てきた場所は山の中腹、周囲は畑と山林で小高い山も奥にあります。細石器も数多く、石器の加工場があったことが分かります。アオトラ石や黒曜石の石器の完成美品も出てきました。

この地域に現在三世帯しか暮らしていませんが、かつてはアイヌの世帯が五三あったと聞きます。私の畑のあたりは、エカシ（長老のこと、ホピポイ部落長）が住んでいた所だとアイヌの古老の男性が教えてくれたことがあります。

石器以外にも土器も多数破片で出土していて、平取町立歴史博物館に預けてあります。その土器片は縄文中期から擦文《さつもん》時代のもので、さらに収集した、もしくは収集しきれない陶器と石器のスクレパーなどを造ったときに生じる細片が畑から出ます。

近隣には「荷負2遺跡」と「荷負小学校遺跡」と「荷負ストーンサークル跡遺跡」があり、平取町全体で一〇〇を超す遺跡があるという話です。我が家の周りに盛土《もりど》が崩れないように設置された石も、元はストーンサークルの石だったと知人は言っています。さらに古老から、平取にストーンサークルは一三ヶ所あったと聞かされました。

また、我が家から二〇〇メートル離れた所に湧き水がありますが、その水は大切に利用されてきたことと思います。元の家の持ち主曰く、家より二五キロほど離れた岩志地という所にある鍾乳洞の絵が描いてあった岩壁は戦争中セメントを作るため壊したが、家の入口に置いてある石はそこの鍾乳石だと教えてくれました。絵は見ることができませんが、その鍾乳石はいまだに私の家にあります。

縄文時代の生活道具――石器だけでなく土器（草創期から晩期）、また擦文土器、そしてかなり古い陶器の破片からビール瓶やガラス片までが出てくる。そんな大地に私たちは住んでいるのです。

かつて、ここはホピポイ部落と呼ばれていました。でも、アイヌ語のホピポイの意味は私には判りません。しかし、アイヌ語地名を漢字にして当てはめるとき、ニオイを荷負（逆から読むと負荷）とするとは、なんて先住民族アイヌに対して失礼な卑劣なことでしょうか。こんなところにも、言葉が奪われ文化が奪われている。土地が盗られ、心が囚われていったことを私なりに知りました。

ちなみに、ニオイとは樹木が多い所、あるいは木片がごちゃごちゃある所という意味があるとか、のようです。ニオイに限らず北海道の地名はアイヌ語由来が多く、市町村名のおよそ八割がアイヌ語から来ているそうです。

私の畑から出てくる遺物はさまざまな時を刻んでいます。すなわち、この場所は縄文の草創期より近現代までの複合遺跡だということです。そして、縄文人＝アイヌであることを間違いなく証明できる遺跡なのです。

なお、擦文土器というのは、北海道や東北北部で出土する土器のことで、木のヘラで擦った文様が多く見られたので名付けられたといいます。そして、この土器の使われた七〜一三世紀の文化を特に「擦文文化」というようです。一三世紀後半からは「アイヌ文化」という名でくくられて、北海道全体がこの文化を共有することになったといわれています。

長くなりますが、アオトラ石について書かれたブログを引用します。


17日の北海道新聞朝刊が、日高管内平取町の沙流川水系額平川の支流で、縄文時代の石斧材料として重要な「アオトラ石（緑色片岩）」の露頭が確認されたことを報じていた。

アオトラ石は、適度な固さと粘り強さを併せ持ち、しかも名前の通り青緑色なので仕上がりも美しい。縄文人にとってはブランド物のアイテムだったようだ。国内唯一の産地で、これまでも河原の転石で見つかっていたが露頭が確認されたのは初めてだという。

ところで、この額平川では道開発局が平取ダム建設に着手している。北海道自然保護協会などは2008年、国交大臣などに対して、平取ダム建設予定地を「アイヌの伝統と近代開拓による沙流川流域の文化的景観」に組み入れるよう要望書を出している。要は、平取ダム建設の反対のための手段であるが、その中にはアオトラ石が見つかっており、考古学的な意義も含めた保全を訴えている。新聞報道では、鉱脈保護のため正確な位置はあえて記さないのかもしれないが、平取ダムとの位置関係（水没する、しない）くらいは触れてほしかった。

ところで、このアオトラ石であるが、近くの夕張岳の蛇紋岩、アポイ岳のかんらん岩と深い関係があるようだ。かんらん岩が地中深くで水と反応して蛇紋岩ができる。それらが地上に出てくるときに、クロム鉄鉱とかアオトラ石も地上に出てくるという。すなわち夕張岳、アポイ岳、そしてアオトラ石の露頭は一帯の複雑な造山運動を物語る、といえそうだ。

複雑な造山運動はまた、平取ダム下流で完成している二風谷ダムが、230年間で砂が満杯になると予測されていたのに、わずか10年で土砂が堆積してしまったこととも関係している。それだけ流域はもろい地質でできていて、平取ダムもあっという間に砂で埋まってしまうことが予想される。そんな場所で、しかもアイヌ民族の信仰の聖地や生活資源がある場所に再びダムを造ってよいものか慎重な検討が求められよう。

なお、このアオトラ石はアイヌ文化期にも丸木舟の製作に用いられていたという。いくらでも鉄器があった時代なのに、にわかに信じがたいが、何か丸木舟製作に特別な信仰との関わりがあったのであろうか。

一方、合地信生（斜里町教委）によると、「アオトラ石は縄文時代の後期から晩期にかけても道南で使用されるが、東北では激減し、替わって地元の閃緑岩の使用が多くなる」という。縄文時代の終わりごろの北海道—東北の間の交易に何かの変化があったのだろうか？　歴史の奥に眠っていたアオトラ石への興味は尽きない。

（「北海道MY LOVE、額平川支流にアオトラ石露頭」2014年3月17日）

〃民族〃として根源で繫がっていればいい

《多民族集合国日本》。バラバラな民族が集合する日本国に「日本民族」はいないが、氏神はさまざまな地方に祀られている。

地に生き（＝つながり）、土着の宗教を築き、時に祠《ほこら》という結界を戒《いまし》めにしていた者たちもいる。

「血脈」も「魂のつながり」「教えを守るもの」も同じように〃民族〃として根源で繫がっている。

「アラハバキ」を絆につながる民族、東北「蝦夷」も、三内丸山の時代——縄文時代前期にはすでにアイヌと交流があった。このことは、北海道アイヌの大地から出た「宝物」＝黒曜石・アオトラ石が、津軽海峡を渡り本州各地に旅をしていることで分かる。

つまり、本州の遺跡から北海道産出と分かる黒曜石・アオトラ石が出土しているのだ。黒曜石・アオトラ石は狩りの道具や武器に加工でき、また穴開けや肉削ぎ等の各種道具になり、鉄器が一般に流通する室町時代以前、貴重な物であった。近年、三内丸山遺跡の磨製《ませい》石斧の約六割がアオトラ石であると判明したという。

黒曜石・アオトラ石は、人を運び、人びとを動かし、旅をさせた。

また、ある民族の中で受け入れられた他の民族の人びとは、受け入れられた民族によって育てられ、育てられた民族の中で民族を育むルーツ（先祖・祖霊・根っこ・つながり）を知り、己もルーツになっていく。これは皆同じである。

先祖・祖霊・根っこ・つながりに対して近視眼的になり、特定の血族に対する差別――この場合、優劣を付ける優生思想が根底にある――をすることは、自己否定、自己差別という命の尊厳をけなし否定することにつながり、ひいては争いと殺戮《さつりく》・自殺の原因になる。

ウレシパモシリ（北海道を指すアイヌの言葉）も同じです。互いに育み合い育てる大地という意味なのに。悲しいかな……。

先住民族と侵略者の対立。やがて――強姦もあるなか――先住民族と混血した侵略者の子どもたちが、騙されて踊らされて、脅かされるなどして祖霊を殺す……この民が多く残っています。

関わらないことが良かった時代がありました。逃げる場所があったころです。近代合理主義の足跡が聞こえてきたとき、すでに逃げる場所＝聖地は破壊され、誇り高き民とその文化は消えゆく運命をたどるのです。

海外を見れば、アメリカ大陸に渡ったコロンブス海賊集団が、略奪と強姦と拉致《らち》、虐殺の先鞭《せんべん》をつけました。一五世紀末のことです。その後、ヨーロッパ白人の仲間たちの「先住民族」への暴虐が続き、タスマニア島やオーストラリアの先住民族アボリジニがターゲットになります。

タスマニア島に平和に暮らしていたアボリジニは、ハンティング（遊びのための狩猟）されるなどして、滅ぼされたと聞きました。一八七二年、最後の純血女性が亡くなって〝絶滅〟した。事実です。

幾世代も経ったといえ、このような行為をしたことに誠意をもって深く謝罪し、二度とこのような行為をしないと宣言をするべきです。

しかしながら、いまだ、この歴史は続いています。続けようとする。その代表は〝核〟を持つ世界一巨大な軍産複合体国家アメリカです。そのおこぼれに与《あずか》ろうとする同盟国も同じです。

そして、そこに住む多くの民は例外なく洗脳されています、差別・優生思想・選民思想に。

ウレㇱパモシㇼは確かにありました。私たちが目覚めなければ、平和憲法を意味あるものとして「復活」させなければ、多くの若い世代が戦地に行くことになります。

伝統儀式か無用の殺生か、生きることは殺すこと

二〇〇七年四月、北海道は知事名で、一九五五年に支庁長と市町村長に対して出した通達を撤廃した。アイヌのイオマンテ[★2]を野蛮だと事実上禁止した通達だ。これには北海道アイヌウタリ協会の撤回要請があったようだが、道が国に諮《はか》って動物愛護管理法に抵触しないという判断も出たことで撤廃したという。

が、このニュースが流れると、ウタリ協会や知事に抗議の電話やメールが相次いだという。ネット上でも、批判や誹謗《ひぼう》が渦巻いていた。もちろん、撤廃を支持する声も上がる。私は、同年八月ミクシィの日記（この原稿の元となるソーシャルネットワーク）の日記で次のようなアピールをした。

是非、皆さんにお伝えしたいことがあり、キーを叩いてます。
イオマンテ（アイヌの伝統儀式、クマの魂を送る儀式）に対し、次のような文書を載せているサイトがあります。要約すると、「クマを殺す儀式反対」に協力を乞《こ》う。「ほんの一部の人の特殊な趣味のために無用の殺生を認めるわけにはいかない。このような悪習は廃止すべき」というものです。

私は、強く思います。

このような見方は錯覚なり、偏見に基づく誤った意見です。私は最近、このことを知りました。そして、思いをこめ、訴えていきたい。啓蒙《けいもう》――無知な人また勘違いしている人に正しい知識を与えていく――活動をするべきことと思いました。ただし、指図、強制はしませんが。そこで、北海道の公式ホームページ「提案の広場」というコーナーに次のようなことを書き込みました。

イオマンテは「クマを殺す儀式」と言っていいのか?

「イランカラプテ・アンナー」という言葉。祈りながら、作法をして、「こんにちは」という意味と、祈りながら、作法をして、「あなたの心に、触れさせてください」という意味がある。「あなた」は、人のみを指すのでなく、「動植物、森羅万象」すべてを指す。

動植物、森羅万象の声を静かに聴き、動植物、森羅万象の心・魂の動きをそっと受け止めることが出会いの挨拶であって、その関係が大事なことなのだ。それは、対象になる「もの」から、私たちのことを見ることさえできることを教えている、と私は思った。この挨拶は、アイヌ先住民族の奥深い共存精神の現れであると。

イオマンテは?「カムイ送り」、神の国に(カムイを)返す儀式です。クマ(キムンカムイ)とともに暮らし、ともに遊び、ともに悲しみ、ともに苦しみ、ともに生きる、心と心がつながり一体になる。

生きるということは、殺すことを内包する。殺さなくっては生きていけない。けれど、けして、むやみに命・心・魂を弄んではいけない、粗末にしてはいけないよ、という。この、無常の生命賛歌をイオマンテに感じる。製薬メーカーなど企業の動物実験などとまったく違った次元にあります。

「イオマンテ」はアイヌのものであっても、この共存精神の現れとして見ると、ご先祖さん、先人から伝わる、アニミズム、シャマーニズムの究極の教えではないか。そう私には思えてくる。

自殺や子殺し、親殺しが、社会問題となる現在、この教えが深い答えを導くのではないだろうか。問われるのは「無用の殺生」かどうかではなく、「殺すことの意味」だと思う。


イオマンテをめぐるこの「事件」に通過儀礼を感じました。あのとき、いま、これから……。もともと知っていることを忘れ、知らなくって良いことを知ったとき、何かが弾け、ある状態から違う状態へ移る。その際に行なわれる通過儀礼なのだと思っています。それは、思うに繰り返しでです。

サポートできるリピートならいいけど、酒飲みのこだわりのように、解決できないリピートを、この事件に感じました。背負うものと、背負わせてしまうものを、無意識に良しとする痛みです。

殺すのではない、カムイの国に返すのです。処分ではない、儀式です。

偏見や、差別、勘違い、無理解を越えた先にあるもの。遠くにありそうで、すぐ近くにあるもの。

何度も何度も、ため息をつきながら、登ってきた道。お疲れさんの声も聞こえない、旅。

アイヌ、人、誇り高き人の意味。

あなたとの出会いを、楽しみにしています。クマに限らず、あらゆる命をカムイからいただいて、私たちは生かされているのです。

★2　イオマンテ（イヨマンテ）　イヨマンテとはイ（それを）・オマンテ（返す）という意味で、熊の魂を神の国へ送り返すまつりをいう。アイヌ民族にとって、熊は重要な狩猟対象であるとともに神であり、親しみと畏敬の対象であった。熊は神の国から、毛皮の着物を着、肉の食べ物を背負い、胆《い》という万病の薬を持って、アイヌつまり人間の世界に来てくれる。そのお礼に人間界のお土産を持たせ、また来てくださいと送り返すのだとアイヌは言う。（『民族文化映像研究所作品総覧』「作品8　イヨマンテ—熊おくり」、民族文化映像研究所発行）。

季節を知るアイヌの星座

私は小さいころから星を見るのが好きでした。少し大きくなってからは天体観測が趣味になりました。

Astro Ninja Projects という屋号で「アイヌの星座」の研究紹介活動をやっている山内銘宮子さんという方がクラウドファンディングで「星座早見盤」印刷費とワークショップ開催の資金を集めていることを知り、私も参加しました。そして、プロジェクト成立を果たしました（アイヌの星座〈nociw〉～Constellations of AINU、ノチゥとはアイヌ語で星のこと）。

ワークショップの開催地は平取町、阿寒湖町、上川町の三ヶ所。スタートが地元平取なので、私も五月四日に参加できました。五〇人以上集まったと思います。

「アイヌの星座」は見ること聞くこと初めてで、興味深いものでした。そして、議事進行、ワークショップもとてもとても有意義で良かったです。地元平取のアイヌ語の語り部、ユーカラもありました。質疑応答の時間もありました

実際に夜空の星々「アイヌの星座」を見上げながら、一つ一つの星座の物語などがさらに掘り下げら語られます。次はどんな話なの？　次の星座が楽しみになりました。

星座図など映像も綺麗《きれい》でコンパクトにまとめられて、とても美しいものでした。ただ一つ残念だったのが、アイヌ星座早見盤は良かったのですが、星座盤のアイヌ星座の名前が小さくって、老眼気味の私には読みにくかったことです。ルーペを持参すれば良かったのでした。

山内さんは、その後も〈アイヌ・和名・琉球「日本の星」の星座早見盤〉制作にクラウドファンディングを用いて取り組むなど、精力的に活動を展開されています。彼女がアイヌの星座を紹介することになったのには、末岡外美夫さんという方が遺《のこ》された『アイヌの星』（旭川振興公社、一九七九年）という本の存在があります。この本は著者の没後、奥様の手によって『人間達（アイヌタリ）のみた星座と伝承』（二〇〇九年）として改めてまとめられて刊行されていますが、アイヌの自然を観察する力や暮らしぶりなども読み取ることができるそうです。

印象的なのは北斗七星の話です。北斗七星はチヌカルクル［我ら人間の見る神］という名の星座ですが、その姿を見せるとき、冬はクッﾄコノカ［仰向けに寝る姿］、夏はウプシノカ［うつ伏せに寝る姿］と呼ばれる。星の一年の軌跡が、あたかも神が寝姿を変えて季節を教えてくれるというわけです。

聖なる地、コタンコロカムイが来るところに

奇妙な空間――阿寒にて、見たこと、聞いたこと。

オートバイや車がすぐ脇を通りすぎるところ、青々と葉の茂る木の幹にタモギタケが――手の平半分サイズが四ヶ所ほど生えている、生きている元気そうな木にです。不思議議です。だってタモギタケはニレなどの枯れた木に生えるキノコだから。

こういうことは今まであったことで珍しくないことなのか、新たなる共生関係なのか。そのことを、ソコで知りえた、友に話すと……。

ソコにはシマフクロウがやってくる。ソコには白いカラスがやって来ている、そうです。

私は、鳥が来る意味を聞きそびれましたが、おそらく八咫烏《やたがらす》神話と似たように、カムイの伝言をする聖なる鳥だと思う。

八咫烏は、熊野本宮大社の主祭神、素戔嗚尊《すさのおのみこと》のお仕えで、太陽の化身（太陽の黒点だという説もある）、導きの神だという。日本サッカー協会のマークに使われたので有名になったが、あの三本足は天・地・人を現すとか。

シマフクロウは、アイヌ語でコタンコロカムイ＝集落（部落）を護《まも》る神さまだ。カ

ムイチカプ＝神の鳥とも呼ばれる。知里幸恵さんの『アイヌ神謡集』に収められた「銀のしずく降る降るまわりに」も、コタンコロカムイが主役で登場する。

古代の〝日本人〟は鳥に霊能力があるとしていた。八咫烏が、ほぼ伝説の初代天皇を熊野から大和へ導いたというのだから。ほかにも古神道とアイヌの世界観は共通項が多いと思う。

シンクロが当然のように起きていた。ソコではエカシがいつも祈りを捧げている、エカシがソコに居るようだった。

聖地はなにげなくソコにある。磨き抜かれた聖地。それらの聖地はすべてつながり、聖地の経絡をつくっていることをタモギタケが教えてくれた。

狩猟民族・先住民族から見た「私たち」

百姓——女性も男性も、育てることができる。互いに育ち合う。植物を介してなら、自由に関係ができる。そして、収穫を目的にするなら、より関係が繋がり、いつしか強い母性が生まれる。母性は守る、母を見守る父性も生まれる。語り合い歩み寄る、百の笑、百の育て方……。

ただ、日本古来の百姓の在り方から離れ、世界の百姓に競争原理を入れていくならば、人類の歴史に書かれた「滅び」の文字は重なりあって、その現実を加速させていくことになってしまうだろう。

〝先進国〟日本が、失敗に学んだ新しい農法を〝発展途上国〟に伝え、本当の富を分け合う時なのだ。一九六〇年代の日本は、毒性の強い農薬を大量に使用していた。その薬禍《やっか》で農民が苦しみ、多数の死者も出した。輸入野菜の残留農薬を問題にするのではなく、なぜ農薬を使用するのかを考える。有機農業という一つの回答を伝え、その国、その土地に合う作物をつくるかたちで地球の恵みを分け合うべきだ。

〝感謝と癒し一筋〟が、自然を、人を、破壊することもある。ファミレスやコンビニ、デパ地下に依拠し、通販で手軽に買える加工食品に依存する〝食〟の現実……。「日本は食卓の基本が壊れてきている」という批判もある。「いただきます」と〝感謝〟し、「美味しい」と自らを癒し、「ごちそうさま」と満足する。それでいいの？

商社を通して他国から食を持ち込むことは、水泥棒《どろぼう》であり資源泥棒なのではないか。その一方で、廃棄食品を大量に出してはいないか。結果として自然を破壊させている。

また、そうした食品の多くは自然界にない保存料や殺菌剤などの添加物が使用され、これらを食べ合わせることで、遺伝子レベルでもしくは肉体を破壊させていく。

この感謝と癒し一筋のアンチテーゼとして「身土不二《しんどふじ》」があると思う。簡単に言うと身土不二の意味はこうだ。人は先祖代々暮らしてきた土地とは切り離せない関係があり、生まれ育った所の恵みを食べることで健やかになれる。明治時代の終わりに提唱されたそうだが、近年では「地産地消」とセットで使われたりしている。地産地消は文字どおり地元が生産したもの（農産物など）を地元で消費することだ。「フードマイレージ」[★3]「バーチャルウォーター」[★4]という世界レベルでの食の捉え方もある。

また、古来、日本には産土神《うぶすながみ》という土地を守護する神が御坐《おわ》す。万物を生み出す神であり、その土地の農作物ばかりでなく、動植物、河川、あらゆる自然物をはじめ、その土地に生まれ住む人の暮らしに大いなる働きをしているという。「土産《みやげ》」という言葉も、もともとはその土地に因《ちな》むものということである。

「ウレシパモシリ」――この大地に私が在ることを、私は嬉しく思う。わだかまりをとく根源療法としても多少必要なのだが、日々の糧を得るため、現実を生きるために種を蒔き育て収穫することが必要なのだ。育てることは育てられること。この言葉とシンクロするウレシパというアイヌ語。意味は「互いに育み合い育てる」。自然に親しんで崇高《すうこう》に生きて、自然そのものとして自然を受け止めているからこそ生まれ出てくる言葉なのだ。

競争原理とピラミッド式支配と差別で成り立つ文明社会。そこで洗脳されている私たちは「ウレㇱパ」とはかけ離れているように見えるが、私たちすべてが幼いころには持っていたものなんだと思う。それらは、好奇心もしくはワカンタンカ――ネイティブアメリカンの言葉で「大いなる神秘」であり、大人になっても、このことは生きるうえでの解毒剤になる。

さらに、解毒剤が必要になる世界を離れて、自然に親しみ、種を蒔き収穫をして（時に加工などをして）、料理をし食べる。この営み一つひとつに真の意味での感謝が寄り添えば、そこに尊厳が生まれる。何かをどこかに任せるのでなく、自然との共生のなかで何かできることを探す。その積極性のなかにおいて、本来の文化のなかで、「感謝」は尊厳となり、タブーのかたちをとって教えとして発展してきた。尊く厳《おごそ》かで冒《おか》しがたいもの。それは本来、食べ物に、生き物に、森羅万象に、材料や道具に、そして、あなたたち私たちに内在している。

しかしながら、近代文明は、ウレㇱパやワカンタンカの教えるタブーを破る存在として生まれた。経済を基本とする価値観をもって曖昧《あいまい》さを排除し、スピードをどこまでも追い求めるという「近代合理主義」で発展し、公害そして戦争と原発と非道の限りを尽くすことにより、自然界の持つ浄化の力と格差を均等化していく動きまでを破壊する状況に至っている。

人が、己の力をもって文明の維持発展を望み続けるなら、破滅を招くだろう。それを暗示するようなことが、たびたび起こっている。文明の維持発展を放棄して、自然との共生、自然の循環に学び、社会の在り方を戻すことができるなら、破滅を先に延ばすことが可能だろう。ウレシパ＝「互いに育み合い育てる」を学び（意識し）ながらであればできるはずだ。

★3　フードマイレージ　食料の総輸送量・距離のこと。食料の生産地から食卓までの距離に着目、燃料消費と二酸化炭素の排出量の観点から、近くで取れた食料を食べたほうが環境負荷が低減されるという考え方。輸送量に距離を掛けて算出する。九〇年代にイギリスの消費者運動家ティム・ラング氏により提唱された。

★4　バーチャルウォーター　直訳すれば仮想の水。食料輸入国が、輸入食料を自国で生産したら、どの程度の水が必要かを推定したもの。一九九〇年代にロンドン大学東洋アフリカ学科のアンソニー・アラン教授により提唱された。たとえば、トウモロコシ一キロの生産に必要な灌漑《かんがい》用水は一八〇〇リットル、牛はトウモロコシなどの穀物を大量に食べて育つため、牛肉一キロを生産するには、その二万倍もの水が必要となる。そうした大量の水を、食料輸入国は、輸出国において消費していることになる。最大の食料輸入国といわれる日本の食料自給率は38％（カロリーベース、二〇一六年度）と低く、世界の貴重な水資源に多大な影響を与えている。

断章　育み合い育てる大地で

アイヌモシㇼ一万年祭に寄せて

たくさんの人びとが集まり他の国を歩き、
新たに連れ立ち、
道はたくさんの人びとに会うことを約する。
おだやかに平和にお互いに育ち神々に見守られますよう、
思いをかけてくださることをお願いします。
カムイモシㇼに戻られますよう、イランカラプテ。
たくさんの神々よ、降りてくださいますよう、
最も尊い神に拝します。
祈ります、一万年前の原点に戻られますよう。
一万年前の原点を感じてください、この祭りで。

カムイノミ――禱《いの》りの中で

一二月三一日。これから、アイヌの友人の家で行なわれる、カムイノミに参加します。
私は、今年のいろいろあったことの、禊《みそぎ》にも感じる。
静かで、厳かな世界です。
来年二日にも、新年のカムイノミが行なわれます。
アイヌの世界は本来は、禱りが日常にあるのです。
そこには、ゆったりとした大きな自然のサイクルの時が流れています。
「すべてが、早すぎるのさ」
と言ったオーストリア先住民族アボリジニの長老の言葉を思い出します。
時のなかで生まれ、時の中で死す。
真の時は、どこにあるのでしょうか。
自分と自然、あたたかいものを。

火、アペフチカムイ

私の家には、鋳物《いもの》の薪ストーブがあります。
大切なモノ、
明るく照らすモノ、
暖かくぬくもりを与えるモノ。
煮炊きできるモノ、
獰猛《どうもう》な動物を追い払うモノ、
扱いを間違えると、とんでもない災いの元になるモノ。
アイヌは
火を
アペフチカムイ
と呼びます。
最も大事な、身近な一番の神さまという、意味だと聞きました。
原始——そして、文明と呼ばれるものが生まれるまで、
知識は今より少なかったでしょうが、

その分「自然」に対して「謙虚」で「畏敬の念」を強く抱いていた。
そのあり方、その姿が〈直感を生み出すそのもの〉であり、
人が〈自然そのものだった〉と思います。
火を敬う、炎の姿を模写する火焔型土器、
私は、埼玉県の浦和の親戚の家で
その炎の破片を手にしたことがあった。
それはそれは、好奇心を満たす神秘そのものでした。
アペフチカムイ——アイヌ語で意味は火の神さま、
女性と言われています。

知らるら

必ず来る食料危機。
それが訪ねてくる前に、
自然と先住民アイヌ部族の心から素直に学ぶ。
確実に行動する時期に入ってきたのではないか

と思うこのごろです。
野山の笹が枯れています、今日も薪ストーブを点《つ》けて暖を取る一日。
知らぬが仏。知るのも仏。
知らん顔できない「仏」となる時なのかもしれない。
わたしの、あなたの、
みなの旅、幸多かれ。

カムイ

祈りではない、
自然と共鳴する真実と命と存在すべてを
エカシが祈りを捧げ、
フチが囲炉裏端を叩《たた》いて
永遠の鼓動の尊厳を語る。
アイヌ、人として、
カムイの住む場所でともにまどろむ存在

であるから有る。

天気予報、外ればっかし

今日は三日前の天気予報だと、曇りのち晴れ。
今現在の天気は雨……百姓仕事あがったり。
かと思うと、きのこ畑に季節外れのきのこという花が咲く。
しかし、よく雨降りが続くこと、続くこと。
これは局地的異常というか日本という国に限られたことなんだろうか。
政府と評論家と、あなたに、聞きたい。
この先、日本の食の自給率で大丈夫なのか。
抜本的解決策もなく、このままでよいのか。
俺は聞きたい。
天気予報、外ればっかしの世に。
この地が大好きだから。
人が大好きだから。

この大いなる自然が大好きだから。
きのこが大好きだから。
ミミズが大好きだから。
この日本が大好きだから。
アイヌが大好きだから。
すべての民族が大好きだから。
この地球が大好きだから。
この太陽系が大好きだから。
この銀河系が大好きだから。
この宇宙が大好きだから。
すべてが大好きだから。　ネ！

他人様を語るとき

人を語る人がいる、
他人様のことをおとしめる。

人のことを語る
――いちばん知っているのは、
自らのこと、おのれの人生のことだろう。
自らのことを語って、人を傷つける人はまれだろう。
アイヌ＝アイヌ語で人という意味を深く感じるときだ。

自然の肉を食らう

自分で仕留めた魚はいろいろ、
収穫した貝はホタテ、ホッキ貝、白貝、ツメタ貝、
ほかに海や川にいたのはエビやカニ、
昆虫を挙げればイナゴ、テッポウムシ、カイコ、蜂の子、
スズメバチの蛹《さなぎ》もありますが、素人では極めて危険が伴います。
そして、大自然で育った鹿肉は約六〇回、うさぎ肉も何回か、
自分で解体して一度食べるのはどうでしょうか。
道端《みちばた》で死にかけているか死んでいる新鮮な野鳥は二度、

鹿は一度、とどめを刺しました（解体は二度）。
野生に生きたものたちは家に持ち帰り、
祈りを捧げて――あるものは解体して、
みな感謝して食べます。
いつもどこでも何ものにも、小さな虫にも大きな動物にも、
いただきます、いただきました、ごちそうさまでした。

種蒔きと収穫

雨降って、地が固まる。
私たちは、いろいろ種を、蒔きつづけています。
雨が降るなか、どんな芽が出るか、私は楽しみです。
木々たち、草花たちの芽からは、木
――きっと、豊かな、水、土ができます。
豊かな、杜《もり》ができます。
子どもたち、大人たち、動物たち、

妖精たち、鳥たち、きのこたち、バクテリアたち、
すべて、腐るものたち、
すべて、循環するものたちの遊び場、収穫の場、
分け合って、豊かに支えあって、
互いに育み合って、
ウレㇱパモシㇼ、
それが創れるのです。
惑わされているとき、
小さな種、大きな種をとにかく蒔く。
蒔きつづけることです。
誰にでもできることです。
声を上げる、叫ぶことも、
種蒔きだと思っています。

大地はお母さん

大地は、お母さん
不良の子をずーっと見ていた
好き勝手にやる子を
お母さんの身体まで傷をつける子
でも
それでも守るよ
かくまってくれた大地のお母さん
子どもたちは、わがままほうだい
それでも笑っているお母さんは大地
子どもたちは思いはじめました
怒ってよ
叱ってよ
解っているのに
判らないふりするよ

もうどうにでもなっていい
何がいいか
悪いか
教えてよと言う子に
お母さん大地は
重い腰を上げ
怒り始めた
私とあなたとは一緒よ
どうして忘れたのと言い
今度は
叱られた
そして
限りなく優しい声で
今度は
あなたがお母さんだよ
あなたがお母さんだ
私は、子どもになるのよと

言いながら、これまた限りなく優しくつぶやいた
イランカラプテ・アンナー
あなたの心にそっと触れさせてください
お母さん、大地と子は
同じ言葉を
そっとつぶやいた
イランカラプテ・アンナー
と

北と南から流れる風

ウレシパモシリ、
意味は、互いに育み合い育てる大地。
大地の、自然の一部と「つながる姿そのもの」を
「互いに見つめ合う、それぞれの内観《ないかん》」でもあると思いました。
イランカラプテ・アンナー、

意味は、あなたの心にそっと触れさせてください。

この二つのアイヌ語が、私のなかでつながり大きな円を描きます。

ユイ・マール、
意味は、順番の協働、相互援助。

イチャリバチョーデェー、
意味は、一度会ったらみな兄弟。

この二つのウチナーグチ（沖縄語）が、私に「出会い、ともに生きること」を教えます。

北と南から流れる風、
その風に吹かれながら、龍脈[★1]の島に生まれたことに感謝します。

北と南へ信頼を置いて歩いていくことにしましょう。生まれたことに感謝。

信頼と感謝がその歩みを加速するのだと思ってます。

★1 **龍脈** 風水学における気の流れのルート。うねうね曲がりくねり、その流れを龍に見立てた。

平和を望むなら

平和を望むなら
・己の生き様を変える
・奪い取るより、分け与えることを
・上がるより、下りていく生き方を
・依存より、自給率のアップを
・戦争より、会話による理解を
・飢えの世界には、食料を
・宗教原理世界には、弁証法の対話を
・金儲けしたければ、足るを知ることを
・人口過剰になりつつあるなら、避妊を勧め豊かな性生活を
・資源欲しければ、食料・エネルギー革命を
・エゴを手放し、エコを
・国を追われる人いれば、移民受け入れを
・放射能に汚染されて彷徨《さまよ》う旅人に、宿の提供を

・里山、身土不二、ビオトープ、パーマーカルチャー
・化石燃料より、再生可能エネルギー燃料を
・ケミカルより、自然を〈自然農薬の方法もあります〉
・殺すより、忌避《きひ》を〈自然消滅という方法があります〉

もともと自然社会は共生関係ですから、人びとは共生関係から学びましょう。たとえば森林の天然更新のように、人間世界にも風土を大切とする見方が必要でしょう。トウトガナシは当て字だという説が有力ですが、「尊尊我無」、奄美地方で「尊い神さまありがとうございます」という感謝と祈りの言葉であり、神さまへ祈るときにも使われます。自分を無くし、出会う相手や出会いそのものを尊ぶという意味があると言います。

イランカラプテ・アンナーはアイヌモシㇼで「こんにちは」という挨拶の言葉であり、「謹《つつし》んで申し上げます、あなたの心にそっと触れさせてください」という意味があると言います。

試される大地としての北海道、アイヌ語でウレㇱパモシㇼ＝互いに育み合い育てる大地という意味があると言います。

森羅万象において「言霊を自在に使い太陽と火を崇《あが》めた」龍の国、この列島にかつて満ち満ちていた心。この世界に再び……。

III 緊急事態を知らせよ！

良き隣人ではなかった和人

北海道に移り住み二〇年ほどですが、アイヌに対して、いまだ勘違いな歴史観を持っている日本人がいることを時折強く感じます。

・まだ茅葺きの家に暮らしている――日本人と違わない暮らしをしています。

・土人という表現を聞くことがある――非道な同化政策のなかで定められた「北海道旧土人保護法」★1を引きずった誤った表現です。

・純粋なアイヌはいない――アイヌ民族はいますし、血の濃さで決めることは誤りです。

伝統的生活空間（イオル）★2・伝統文化も含んで考えます。多神教アニミズムのアイヌの世界観を持つアイヌ文化を大切にして暮らす者も含むと私は思っています。

・アイヌ民族の文化は一つだ――本来は長《おさ》を中心に置いた家族単位の共同体が育む部族文化です。したがって、共通の基層文化はありますが、部族によって、言葉や儀式、習俗、刺繍や文様、さまざま異なる面を持っています。

現在では、「イオル（アイヌの伝統的生活空間）再生事業」が、白老、平取、札幌、新ひだか、十勝の各地域で取り組まれ、自然採取・自然環境・生活文化・信仰・伝承などアイヌの伝統的な暮らしの見直しと再生が進められています。また北海道には、白老の「アイヌ民族博物館」「阿寒湖アイヌシアター　イコロ」など歴史文化を学ぶ場や古式の踊りと歌を紹介する場がたくさんあり、観光資源にもなっています。

・アイヌは乱暴者――どこからそんな考えを仕入れてきたのでしょうか。中央政権に服《まつろ》わぬ民という政権側の見方を受け継いで、無自覚のまま敵対しているところから出た表現なのかもしれません。

搾取《さくしゅ》と自然破壊を行なう「良きシサムではない」★3敵対する和人に対して、服わぬ民は戦《いくさ》で臨み、あるいは集団蜂起をしました。よく知られているものでは、東北での東北アイヌ＝蝦夷《えみし》の阿弖流為《あてるい》の戦いと、蝦夷地《えぞち》でのアイヌによるコシャマインの戦い、シャクシャインの蜂起、クナシリ・メナシの蜂起があります。

アテルイについては分かりません、しかし、NHKのBSでドラマになりました。原作は高橋克彦さんの『火怨《かえん》　北の耀星《ようせい》アテルイ』だそうです。

……ここなんです、アイヌのためのアイヌによるアイヌの映画……日本の先住民族アイヌが、過去そして今を自ら知る大河物語がないのです。

・阿弖流為の戦い（七八九〜八〇二年）
大河物語ができています。
・コシャマインの戦い（一四五七年）
・シャクシャインの蜂起（一六六九年）
コシャマインのイチャルパ（供養祭）に私は何度か参加しました。
・シャクシャインの蜂起（一六六九年）
このイチャルパにも何度か参加しています。
・クナシリ・メナシの蜂起（一七八九年）
ノッカマップ・イチャルパにも何度か参加しました。
この中でいちばん時代が新しいクナシリ・メナシの蜂起を簡単にまとめておきます。[★4]
国後島のクナシリ地域と対岸のメナシ地域のアイヌ一三〇人は、場所請負制度のもと暴虐非道の限りを尽くす和人商人たちの支配に闘いを挑んだ。しかし、蜂起したアイヌたちは、アイヌの有力者に説得されてノッカマップ岬に出頭することになる。だが、中心メンバーとされた三七人はこの地に作った仮牢屋に投獄され、次つぎと首を刎《は》ねられていった。するとペタウンケの叫びが始まり、恐怖した松前藩の兵士は牢に発砲して皆殺しにしたという。首は切り落とされ松前で晒《さら》され、胴体はノッカマップ岬に埋められた。

そして、ノッカマップ岬から約一四キロ離れた納沙布《のさっぷ》岬近くの浜では「横死七十一人之墓」と彫られた石が見つかったのでした。この供養祭では、ヌササン（祭壇）を設《しつら》えイナウを飾り、古式にのっとったカムイノミ（神への祈り）が捧げられ、伝統のイチャㇽパの儀式が行なわれます。アイヌ民族の平和な社会を願い、犠牲となった祖先とともに和人をも手厚く供養するのでした。

これらアイヌの戦い・蜂起は大河物語も映像化も……できない、作られていません。なぜでしょうか。

私は、シャクシャイン記念館の管理責任者から聞きました。それは、部族によってはシャクシャインは英雄ではないということ。敵対する者と味方する者が、シャクシャインを正邪別の人間に仕立てるという話でした。

私の記憶をもとに書きます。……静内の部族長、シャクシャインは、和人の勢力に蜂起する前から、和人と協定を結んでいる隣の地に住む長オニビシというサルンクル（沙流川に・住む・人、今の平取など含む）部族と漁猟場を巡り争っていたのです。そのため、シャクシャインの言い伝えも両部族間、一つの出来事でも正反対にもなるということなのです。

文字を持たないアイヌ……言葉で伝わる文化だからこそ、いい意味でも起きる矛盾です。和人と協定を結ぶもの、和人の残忍な搾取を受けるもの……。土地を奪われ、言葉を奪われ、名前を奪われ和人の名前を付けられる同化政策も含めての搾取管理支配があるわけですから、コシャマイン、シャクシャイン、クナシリ・メナシを巡る作品ができないのだと思いました。

たとえば、アイヌのためのアイヌによるアイヌの映画を本気で作るのなら、本来、ストーリー構成の調整役が必要になるでしょう。いくつもの異なるアイヌの歴史と世界観を把握しつつ、基層をなすアイデンティティーに根ざしたフィクションを積み上げて、大河物語を作り上げていけばいい。そう考えています。

★1 **北海道旧土人保護法**　一八九九年（明治三二年）制定。アイヌ民族の保護を大義名分に、日本民族との同化を推進した。一九九七年（平成九年）、アイヌ文化振興法の制定に伴い廃止。

★2 **イオル**　直訳すれば神の住む世界。アイヌの各部族は河川流域など一定の地域を基盤に、生活に必要な衣食住をまかない、信仰の対象とするなど、野山、河川、海、大地、空と複合的な空間を利用してきた。その空間を指す。伝統的生活空間。知里幸恵が『アイヌ神謡集』序文（三三頁参照）で描く世界。

★3 **シサム**　隣人という意味。アイヌ（人という意味）がアイヌ民族以外の人＝和人を言う。

★4 **場所請負制度**　松前藩で行なわれていた制度。地域を区切ってアイヌとの交易を商人に委ねて、藩主・家臣が見返りに商人から運上金を受け取る仕組み。この制度によって、過酷な労働、女性への虐待、伝統文化の蹂《じゅう》躙《りん》などアイヌは奴隷的に扱われていく。寛永期（一六二四〜四四年）にできたとされる「商場知行制」（家臣に交易権を与える制度）をもとに江戸時代中期に始まり、明治二年（一八六九年）廃止された。時代を追うごとにアイヌの主体性を奪っていく強力な支配システムとして機能した。

ノッカマップの叫び声

ノッカマップ・イチャルパが九月の二日間に執り行なわれます。初日、カムイノミののちイチャルパ（供養祭）。その後、交流会。二四時に供養祭に集まった有志たちの皆で、ノッカマップ岬の崖っぷち前に造られたヌササン（アイヌの祭壇）前に並んで座り、隣の人同士で腕を組み、一分間、ペウタンケ（意味は「危機を知らせる雄叫び」、ケウタンケとも）を上げる。

「うおおおーお～お～～」

と喉《のど》も裂けよと、叫ぶ。

ペウタンケ——地の底から、海から、そして空から叫び声が聞こえてきた。

いまだ見つからぬ胴体から切り離された首を求める声なき声のようにも聞こえてきた。

ペウタンケの声は「緊急時の声」。

そして今回の呪いの叫び、「シャモ（和人）を殺せ！」

首も胴体も見つからず、彼らの闘いはまだ終わっていない。

クナシリ・メナシの闘いで牢に入れられた三七人。

その死の呪いの叫び声だけではない。

取り囲んでいた何十人、何百人もの、歴史には現されていない人びとの叫び声にも聴こえた。

(処刑場を取り囲んで成り行きを見守っていた者が何人も殺されたという話も聞く。海は、彼らの血で赤く濃く染まったという。)

歴史は何時も権力者によって書き換えられ、事実、真実の暦は庶民が語る。

いつもの繰り返しだ。


ノッカマップ・イチャㇽパ——この日は、人として、シャモとしても、過ちを繰り返さないという宣言の日ではないか。殺す側、殺される側になりたくないという宣言の日でもあればいいと思っている。そして何よりも、アイヌから私たち日本人が深く問われる日でないか。

翌日は、納沙布岬で、アイヌに殺された日本人の慰霊祭が行なわれる。

ある年の交流会の晩。囲炉裏の前、アペフチ(火の神)、エカシ(長老)の前で、私は「あるりょうしのはなし」を語った(一〇頁参照)。エカシは「いい詩だ」と言ってくれた。

そして、「もっともっと優しい言葉で語れるよ」と言霊を与えてくれた。

夜もふけたころ、あっちこっちで、ここへの参加の意味とここでの出会いの意味が熱く語られていた。私がトイレを済ませ戻ってきたところ、酔いも程々に回ったのだろうか、ひとりのエカシが寝床を探していた。

サポートして寝床にお連れすると、「おまえさんの詩はとても良かったが、人はもう救えないところまできている」と涙をうっすら浮かべながら言う。

私が、「それは今の人たちですか、未来の人たちですか」とおうかがいすると、「人は滅びの道に向かっている。はやく滅んだほうがいいのだ」と言い放った。

私は、「そうなる責任は過去の大人と今の大人がつくったのであって、これからの子どもと大人に、その責任をとれというのは間違いだと思う。けれど、さらに大人だとも言われる政治家や科学者たちが責任をとっていかなければ、エカシの言っているとおりになると思います。私は一人でもできることがあると思い、今、きのこをつくり詩を書いています」と話した。

話し終えると、エカシは即座に、「あなたが言ってるとおりだ。ありがとう」と語って床に横になられた。

アイヌの真の優しさと祈りに触れた一日だった。

こうしていても、聴こえてくるものがある。あの日のペウタンケだ。毎日、毎日、当たり前のように、あちこちで上げられている、緊急事態を伝える叫び。私たちは、聞こえるものが聞こえなくなっている。

あの夜のエカシは、いろいろなところから響いてくるペウタンケに応え、私に答えたのだろう。いや、果たしてあのとき、エカシは声を出していたのだろうか。心の奥底の強い祈りを、私が言葉として聴いたのだろうか。

ヘイトスピーチと平和憲法

「民意を問う」。問いたいのです。ヘイトスピーチ、レイシスト、優生思想、ヒットラー・ナチズム。安倍政権？　絶対に洗脳、催眠を受け入れてはならない。そのためにも、〈日本に限らず〉世界が学ばなければならない平和憲法九条があります。

日本国憲法　第二章　戦争の放棄

第九条　日本国民は、正義と秩序を基調とする国際平和を誠実に希求し、国権の発動たる戦争と、武力による威嚇又は武力の行使は、国際紛争を解決する手段としては、永久にこれを放棄する。

2　前項の目的を達するため、陸海空軍その他の戦力は、これを保持しない。国の交戦権は、これを認めない。

二〇一六年五月、ヘイトスピーチ解消法が施行《しこう》された。正式名称は「本邦外出身者に対する不当な差別的言動の解消に向けた取組の推進に関する法律」だ。憲法で保障する表現の自由との関係が取り沙汰されたのは記憶に新しい。禁止規定と罰則を設けなかったのが、表現の自由への配慮らしい。

日本国憲法　第三章　国民の権利及び義務

第二十一条　集会、結社及び言論、出版その他一切の表現の自由は、これを保障する。

2　検閲は、これをしてはならない。通信の秘密は、これを侵してはならない。

ヘイトスピーチやレイシストデモは、もちろん許されない。一方で、スピーチが耳に入りデモを見かけたことが、民族差別の歴史および優生主義に基づく虐殺や優生手術★5という負の遺産を学ぶきっかけになる場合があるとも聞きます。反面教師として、中高生や若者が気付いてくれるのは一つの救いかもしれないと思います。
顔つき、血液型、性格、一部の者の行為などを「民族の属性」として見ることが、いかに非科学的で非統計学的で、ひたすらに差別と憎悪ありきだということを学ぶべきです。

この差別と憎悪の内面を覗《のぞ》くと、違うものが見えてきます。多くの者は、自己もしくは社会に対するコンプレックス、自己もしくは自国に対する卑下《ひげ》、そして多大なストレスを持っています。被害感情や劣等感が攻撃に代わっていく……内部にある危機を外部に敵をつくって解消しようとする……。その代表格がヒットラーであり、虐殺と戦争を始めたのでした。

軍国主義とは、国を挙げて軍備を整え、軍事力で国家の威力を示そうという体制や思想を意味します。また、自国の豊かさや自国民の幸せや便利さを追求・維持するためには、他民族・他国を侵略して支配することも是とします。

アイヌは北海道をウレㇱパモシㇼと言います。互いに育み合い育てる大地。この大地は生態系の「わ＝和・輪・話・環」で、つなぎ目のリング、「この自然界そのもの」を指してます。

民意が憎しみに彩られることなく、未来の子どもたちに道を拓く答えを選びますよう、願ってやみません。「全世界の国民が、ひとしく恐怖と欠乏から免かれ、平和のうちに生存する権利を有する」ことを確認しようではありませんか。

日本国憲法　前文

日本国民は、正当に選挙された国会における代表者を通じて行動し、われらとわれらの子孫のために、諸国民との協和による成果と、わが国全土にわたつて自由のもたらす恵沢を確保し、政府の行為によつて再び戦争の惨禍が起ることのないやうにすることを決意し、ここに主権が国民に存することを宣言し、この憲法を確定する。そもそも国政は、国民の厳粛な信託によるものであつて、その権威は国民に由来し、その権力は国民の代表者がこれを行使し、その福利は国民がこれを享受する。これは人類普遍の原理であり、この憲法は、かかる原理に基くものである。われらは、これに反する一切の憲法、法令及び詔勅を排除する。

日本国民は、恒久の平和を念願し、人間相互の関係を支配する崇高な理想を深く自覚するのであつて、平和を愛する諸国民の公正と信義に信頼して、われらの安全と生存を保持しようと決意した。われらは、平和を維持し、専制と隷従、圧迫と偏狭を地上から永遠に除去しようと努めてゐる国際社会において、名誉ある地位を占めたいと思ふ。われらは、全世界の国民が、ひとしく恐怖と欠乏から免かれ、平和のうちに生存する権利を有することを確認する。

われらは、いづれの国家も、自国のことのみに専念して他国を無視してはならないのであつて、政治道徳の法則は、普遍的なものであり、この法則に従ふことは、自国の主権を維持し、他国と対等関係に立たうとする各国の責務であると信ずる。

日本国民は、国家の名誉にかけ、全力をあげてこの崇高な理想と目的を達成することを誓ふ。

★5 優生手術 生殖をできなくする、日本においては「優生保護法」に基づく手術。二〇一八年四月、一九四八年から九六年にかけて、主に精神障がい・知的障がいがある人、ハンセン病を持つ人を対象に一万六〇〇〇件を超える強制的な手術が実施されたと報告されている。

炎の中の祈り

『フランシーヌの場合』というフォークソングを知っていますか。一九六九年三月にパリで焼身自殺した女性のことを歌っています。六三年六月には南ベトナムのサイゴン（現ホーチミン市）で僧侶が焼身自殺しています。ともに抗議の自殺でした。二人の死は、拡大化したベトナム戦争のさなかのことです。

僧侶は、仏教弾圧を進めるアメリカの傀儡《かいらい》政権、ゴ・ジン・ジェム政権への抗議として死に場所にアメリカ大使館の前を選び、ガソリンをかぶり蓮華坐《れんげざ》を崩さず声一つ上げずにわが身を焼きました。抗議自殺は事前にマスコミに予告されており、ニュースは全世界に流れ、人びとに衝撃を与えます。

女性は、南北ベトナムの和平を話し合う「パリ拡大会議」が開かれていた会場の近くで焼身自殺。遺書などはありませんでしたが、ビアフラ戦争とベトナム戦争に抗議したものと見られています。このことを知った作曲家と作詞家が彼女の名前をとって『フランシーヌの場合』をつくり、北海道出身の〝反戦歌手〟の新谷のり子さんが歌って大ヒットしました。

また、日本国内でも、アメリカの北爆を支持する首相・佐藤栄作に抗議して首相官邸の前で焼身自殺したエスペランチストがいます。六七年一一月のことでした。六五年三月にアメリカのデトロイトでジョンソン大統領のベトナム政策に抗議して焼身自殺したエスペランチストの影響があったかもしれないと言われています。

七五年四月サイゴン陥落、ベトナム戦争終結。同年六月には沖縄の嘉手納《かでな》基地前で船本洲治さんという山谷・釜ヶ崎で闘ってきた労働者が、皇太子沖縄訪問阻止、朝鮮革命戦争に対する反革命出撃基地粉砕などを叫びながら焼身自殺。「東アジア反日武装戦線」への檄《げき》を記した立て看板を置いていたと聞きました。

「東アジア反日武装戦線」の裁判は、私も傍聴に行ったことがあります。当事者に会うべく拘置所にも行きました。事件のことには詳しく触れませんが、裁判の傍聴で何度か出会った人で、すごく印象に残っている人がいます。それは、原爆の図をはじめアウシュヴィッツ、水俣《みなまた》、南京大虐殺の図などを描いた世界的に有名な丸木位里さんと俊さんご夫妻です。なぜ丸木ご夫妻が？　公判はずっと傍聴していたのでしょうか。いろんな考えが浮かんでは消え、また浮かんでは消えていきます。

炎の中で死を迎える強烈なイメージは、原爆の図と結びつきます。とりわけ燃え盛る炎の中で祈る母と子の姿は、強く訴えるものがありました。

「原爆の図丸木美術館」は埼玉県東松山市にあります。私の故郷は熊谷で東松山に近いので、あるとき訪ねました。原爆の図は、一つの部屋に展示されていました。聞けば、そこの部屋の照明は太陽発電を利用しているとのことです。また、ご夫妻は東京電力に対して請求料金の三分の一は支払っていないことを知りました。当時、日本における電力の三分の一は原子力発電だったからだそうです。

そのご夫妻も他界されてしまいました。そして、私が美術館を訪ねてから二〇年以上経っていることに気が付きました。

僧侶をはじめ中国政府の対チベット政策に抗議して焼身自殺を図ったチベット人は、二〇〇九年以降、一五〇人を超えるそうです。日本をみれば、二〇一四年六月、新宿駅近くの歩道橋の上で集団的自衛権の行使容認閣議決定反対などを演説したあと焼身自殺を図った男性がいました。同年一一月には、日比谷公園で集団的自衛権閣議決定の取り消しと辺野古《へのこ》新基地建設中止を求めて焼身自殺した人もいます。

焼身自殺は意識が最期まであるから抗議として使われるのだ、歴史的にも古くからあるのだといった話もあります。たしかに、六三年のサイゴンでの僧侶の焼身自殺は、ベトナムに平和をもたらす決して小さくない影響を与えたと思います。パリのフランシーヌの死が世界にどんな影響を与えたかは私は知りません。ただ、新聞に載った小さな記事をもとにつくられた『フランシーヌの場合』は、時代の熱気のなかで多くの日本人の支持を得ることができました。

テロ、右翼左翼の組織暴力、過激派の実践「暴力」行為を私は否定します。しかし、なぜ暴力行為を選んだかは、彼らの手記を読んだり、会って話して〝事件〟をたどることで、分かる気がしました。

焼身自殺は自分に対する暴力とも言えるでしょう。ただ、私は思います。死をもっての抗議に対する社会の受け取り方が、昔と今では違うのです。集団的自衛権に反対した二人のことは、日本のマスメディアはほぼ黙殺しました。チベットの一連の抗議活動が日本社会で大きな話題になることもありません。だからというわけではないのですが、敵の呪縛《じゅばく》攻撃――己を縛る「打倒せよ！」という内なる攻撃から身をかわしていいのです。目の前の大きな存在である敵を真正面から受け止める必要性はまったくないのです。まだいろいろな抗議の仕方があると思うのです。

気が付けばベトナム戦争が終結して四〇年以上になりました。でも世界は平和になっていません。リビア、ソマリア、クルド対トルコ……今も同じ、戦争の本質は変わらないのだと思っています。反戦平和の勢力は弱まっている？　戦争と市場競争に費やす膨大《ぼうだい》なエネルギーは増える一方？　今こそ、状況を打破することが求められているのだと思います。目の前に立ちはだかる敵がつくる体制に、小さな穴を開けていく。そうしていけば、いつかは打ち倒すことができるのではないでしょうか。甘いかもしれませんが、アイヌモシㇼで、私は小さな穴を開けながら生きていきたいと考えてきました。

はるか昔、煮炊きに、暖房に、獣除けとして「炎」は人とともにあり、炎は祈りの対象でした。この地では、今日も、アペフチ（火の神さま）を感じることができます。

「文明」と「文化」私論

八百万《やおよろず》の神々……産土信仰、土着信仰、道祖神信仰、荒覇吐《あらはばき》信仰。

「やつらの足音のバラード」——テレビアニメ『はじめ人間ギャートルズ』のエンディングテーマだが、やつらの足音が聞こえ、やつらがやって来る。原始に生きた者たちが、やつらに飼い慣らされ、抵抗することを諦めて、やがて「はじめ」に戻れない、戻るすべを忘れている。

やつらとは、「文明」である。冒頭にあげたのは、「文化」である。宗教に金が絡めば「文化」は「文明」に変わる。信仰心、宗教哲学に金はいらない。本来、それは地域に生きる人びとがつくる地域共同体のなかにあり、言い換えれば生活スタイルそのものだったから。だが、生活スタイルに金が入り込んできて、金自体も共同体の代弁者になってしまった。

地域共同体が本来受け入れられない、相反する企業組織を受け入れるという金儲け合理主義の究極が原子力発電を受け入れることだった。結局、自らの地域共同体を破壊することになっている。

地域共同体の根源の豊かさは、安産・健康・安全・慈愛・結《ゆい》・相互援助・自然守護などとともにあり、それらを確保するための約束事や教えを守ることによって培われている。

冒頭「文化」は、死を恐れるものの、死と向き合っていた。やつら「文明」は、死を恐れ、あらゆることを管理しようと決めている。そして、この管理に知識と金が絡んでいくことで、地域共同体に生きる人びとの知恵ある行動が阻まれていき、地域共同体の根源の豊かさが壊されていく。「文明社会」では、金と知識と運を持っている者が思うがままの生活ができる場所に行き、他人を支配し従わせることができ、かつ長生きできるわけだ。支配者あるいは権力者、管理者が生まれる。

管理が進められていく一方で、管理とは本来は縁のない幼子《おさなご》、管理から逃げる者、管理を避ける者がいる。しかし、彼らの声に耳を貸すことも彼らと向き合うことも、地域共同体の経験のない管理者にはできないのだ。教育現場でも、虐《いじ》められ助けを求めている声を無視もしくは軽視して、自己保身のあげく、虐めを助長し殺していく側に立つようになる。

〝イジメ〟による虐待と自殺は、文化と文明の対立の様を見せている。文明は、文化をイジメ、破壊する。文明は、資本の集中、宗教対立を招きながら、原発と核兵器を手に入れて、さらに強固になっていこうとしている。石油・エネルギー産業、食品・薬品産業、武器産業などが巨大化し国境を越え、巨大銀行が支えていく。超巨大企業グループのほとんどが軸足をアメリカ合衆国に置いているという。同国は「軍産複合体国家」とも言われている。

私たちは「やつら＝文明」に飼いならされ、合理化を選んだ。その結果、管理と支配のピラミッド構造ができ、それが幾重《いくえ》にもかさなっている。

衣食住を自給して生活できる者は、このピラミッド構造に入らないことができる。なぜなら、自給生活こそ、マクロでありミクロでもある「文化」そのものであるからだ。「文明」は、これまで幾多も起き、これからも幾多に起きる自然災害に弱いという宿命を持つ。福島第一原子力発電所事故が教訓である。地震、津波、台風、噴火、冷害、旱《ひでり》、異常気象というかたちで禊《みそぎ》を受けるのが「文明」なのだ。

文明が執着するのは土地所有の概念に尽きるといってもいい。〝原始の人びと〟が逃げなければならないところ、逃げ込めるところに資本をかけて、そこを変容させていく。そうして聖地であることは失われ、代わりに価値を上げたのだと言って、今度はそこを守ろうとする。もはや他者は逃げ込むことができない。

だが、「文化」を知る者は、「文明」がつくったものは、いとも簡単に破壊されることを分かっている。文明は、文明が造り出した化け物により破壊されることを知っている。その象徴がゴジラであり、最強の化け物が放射能と戦争であることは間違いない。ちなみに、文明は英語で言うと civilization で、文化は culture だ。civil はラテン語の「市民」が、culture はラテン語の「耕す」から来ている。文化も文明も、言葉そのものは明治に入って創作された英語やドイツ語の訳語で、次第にその意味を分かちながら定着していった概念らしい。

映画『ゴジラ』を語るとき、伊福部昭さんを抜きにはできないだろう。民族の音楽を追求した伊福部さんは、さしずめ「文化」を音に乗せる作曲家だ。自然界と繋がるか繋がらないか、祈りが届いたか届かなかったかが、テーマの一つだったように思う。

彼が作曲した「シンフォニア・タプカーラ」は、アイヌ民族の踊り「タプカーラ（アイヌ語で「自発的に立って踊る」）」から名前をとったという。「ゴジラ」のテーマの音階はアイヌの旋律から得たものだという説があり、私はアイヌの「チャピア」（アマツバメの踊り）の歌を編曲したように感じる。しかし、伊福部さん自身は、インタビューに答えるかたちで、アイヌには生活態度などいろいろな影響を受けてきたが、音楽的には影響を受けていないと語っている。

だが、そうだろうか。文字を持たないアイヌ民族は、旋律と歌で記憶をして来た。それは自然の息吹と繋がり、鋭い洞察をもって森羅万象が繋がる世界を認知していたからできるのだと思った。北海道でアイヌの人たちと近しく育ってきた伊福部さんだから作曲できた「ゴジラ」ではなかったのかと。

「聖地の伝説」は人類への警告

二〇一一年三月一一日、一四時四六分ころ、マグニチュード9・0の巨大地震が発生した。東日本大震災と名付けられた巨大地震は大津波を引き起こし、北海道から千葉県までの太平洋沿岸部に大きな被害をもたらした。とりわけ岩手、宮城、福島の三県の被害は大きく、さらには東京電力・福島第一原子力発電所を襲った津波は全電源喪失を招き、刻々と世界規模での「原発事故」となって、被害を拡大していった。それは今も終息してはいない。政府が三月一一日一九時〇三分に発令した「原子力緊急事態宣言」にしても解除されていないのだ。

三月一二日、京都大学原子炉実験所の小出裕章先生は関係者・関係機関にメールを送信、私もそれを転載して発信した。

皆様

福島原発は破局的事故に向かって進んでいます。

冷却機能を何とか回復して欲しいと願ってきましたが、できないままここまで来てしまいました。

現状を見ると打てる手はもうないように見えます。

後は炉心溶融が進行するはずと思います。

それにしたがって放射能が環境に出てくると思います。

その場合、放射能は風に乗って流れます。

西向きの風であれば、放射能は太平洋に流れますので、日本としては幸いでしょう。

でも、風が北から吹けば東京が、南から拭けば仙台方面が汚染されます。

今後、気象条件の情報を注意深く収集し、風下に入らないようにすることがなによりも大切です。

周辺のお住まいの方々は、避難できる覚悟を決め、情報を集めてください。

2011／3／12　小出　裕章

東京電力の茶番だった「計画停電」を経て、二〇一二年五月からの二か月間、二〇一三年九月から日本国内のすべての原発が止まった。「原発はなくてもやれるじゃないか」という声があちこちで上がった。

一九六五年以降、建設され稼働したことがある原発は五七基を数えるらしいが、それぞれの原発は事故や定期点検、政府要請停止などがあって実際の稼働数はつかみにくいが、現在稼働しているのは停止中三基を含め九基らしい（一八年七月現在）。

原発反対運動は事故の前からあったが、事故によって、それまであまり原発を意識していなかった人びとを覚醒させ、大規模な国会前デモはじめ全国で反対の集会・デモが行なわれた。けれど、テレビを筆頭にマスメディアの報道は消極的だった。いや、無視することが多かった。当時も、そして今も。

率先して反対の旗を振ってもよさそうなメディアがなぜ後ろ向きか。むしろ原発安全の旗を振っているのではないか。その理由は、メディアが、「原子力村」と批判的に呼ばれる産官学一体の原発利益共同体にひれ伏しているからだ。かつては原発はクリーンな未来のエネルギーだと宣伝し、今は地球温暖化を抑えるため、またエネルギー資源の面で必要だと洗脳している。マスメディアは過去にも国策に沿って戦争遂行にも貢献してきたわけだ。

日本の発電には、地熱・風力・水力・太陽光・原子力があるが、エネルギー自給率は諸外国に比べて極端に低い。二〇〇二年には「エネルギー政策基本法」を制定、このなかで、「エネルギー基本計画」を定めて三年ごとに見直しをすることとした。政府は〇六年に「原子力立国計画」を策定し、一〇年には第三次になるエネルギー基本計画を発表、三〇年までに、少なくとも一四基以上の原発を新増設し、稼働率90%を目指すとした。この計画は福島原発事故により改定を余儀なくされた。一八年七月に発表された第五次エネルギー基本計画では、原発三〇基の再稼働を目標としている。

日本は、石炭も、原発を稼働するプルトニウムのウランも輸入に頼っている。ウランを埋蔵する国・地域は少なく、埋蔵量が多い国はオーストラリア、カナダ、ナミビア、アメリカだ。しかし、その量も石油に比べても数分の一、石炭に比べれば一〇〇分の一しかないだろうという。

広島・長崎に落とされた原爆の原料となったウランは、ネイティブアメリカンのホピ族が住むアメリカのフォーコーナーズで採掘されたものだったという。フォーコーナーズの名はユタ、コロラド、ニューメキシコ、アリゾナの四つの州の境界が集まっているからで、ホピ族は二〇〇〇年以上前から、この地域で暮らしてきたという。

彼らが居住する所は不毛な砂漠地帯と見られてきたが、石油やウラン鉱脈が発見されてアメリカ政府はホピ族を移住させようとした。けれど、彼らは移住を拒否、彼らは神話と予言を持ち、フォーコーナーズは彼らの守るべき聖地だったからだ。もし、この聖地が破壊されたら、すべての（全地球的な規模の）自然の変動が起きてしまうと信じられてきた。一九八六年には、日本でドキュメンタリー映画『ホピの予言』（宮田雪監督）が公開されている。

オーストラリアの先住民族アボリジニも、聖なる土地を奪われウラン鉱石を採掘されて、かつ半《なか》ば強制的に劣悪な労働を強いられてきたという。日本のウラン輸入国のトップはオーストラリア。福島第一原子力発電所でもアボリジニの聖地より採掘されたウラン鉱が使われていると推測できる。

二〇一三年三月一七日、ホピ族の長老は、日本の津波や地震災害に関し、全世界にメッセージを公開した。彼らは、私たちの未来、そして、人類がこの困難な時代を克服するための叡智《えいち》を伝えようとしてくれたのだ。「世界のすべての人びとに、よりバランスのとれた生き方に戻ることを求める」と。
また、四月上旬にはアボリジニ・ミラル族の長老が、国連事務総長に手紙を送ったという。そこには、被害を受けた日本国民への哀惜と同情、そして自分たちの土地から採掘されたウランが放射能汚染の原因の少なくとも一部になったことへの悲しみが綴られていた。このミラル族は、もし聖地が荒らされるなら壊滅的な恐ろしい力が解き放たれるという言い伝えを持っているそうだ。

人身御供《ひとみごくう》を作りながら得る、便利さと快適さ。「文明」発展が導く経済発展に対して嫌だということが大切だと私は思う。たとえば、災害時には、豊かさを知った者が生活レベルを落とすこと、分け合うこと、足るを知ること。そうして、質素をともに生きることを模索したいと私は思う。普段も、食料を輸入すればエネルギーを消費することを自覚すること、食料の国内生産を応援すること、さらに言えば自分で食料をつくること。それは、心豊かになり原発を減らすことに繋がると私は思う。

日本でウランが採掘されていたことがある。岡山県と鳥取県の県境にある人形峠だ。一九五五年にウランの露頭が発見され、五六年から掘り始められた。しかし、採算が合わないため六七年に探鉱は終了、八八年には残土が野ざらしで放置されていたことが分かった。この地もまた、ガン死をはじめ採掘労働者と近隣住民に多大な被害をもたらしている。

ウラン残土撤去運動の中心となった鳥取県東郷町（現湯梨浜町）方面《かたも》に住む元採掘労働者は、その著書でホピに触れている。

『ホピの予言』という映画に、神聖な山を勝手に掘ってはならないというホピの人たちの言い伝えが出てきますが、方面の奥の山にも昔からの言い伝えがありました。ここの所にはあまり手を出してはならないという言い伝えです。〝月の輪〟と呼んでいるところで、入っちゃならん、掘っちゃならん、いろったり（いじくったり）したらタタリがある――という言い伝えです。昔の人からの言い伝えとして、ホピの山とうちの〝月の輪〟に共通したところがあります。しかも、ウランの害による地区住民の悩みという点でも、ホピの山とうちの山は共通しています。

ホピの人たちの、宗教と一体となった自然の生き方には学ぶものが沢山あります。私には宗教はないが、山というのが私の宗教とも言えます。（中略）なるべく自然の流れに逆らってはならんというのが私の自然主義で、人間と自然が一体となったホピの人たちの生き方には強い共感を覚えます。

（榎本益美著、小出裕章解説『人形峠ウラン公害ドキュメント』北斗出版、一九九五年）

人間は人間の作り出した愚かさで滅んでいくと、私はこれまでアイヌの三人の長老から聞かされた。一人目と二人目は阿寒コタンの亡き秋辺エカシと亡きトコヌプリさん、三人目は札幌にお住いのエカシ。平取町二風谷の萱野茂さんも次のように書いていたことを先ごろ知った。福島原発事故が起きたのは彼が亡くなって五年後のことである。

チェルノブイリ原子力発電所事故[★6]の二ヵ月後、私はスウェーデンのヨックモックという町へ行ってその被害の恐ろしさを見聞きした。日本のことわざに、身に降りかかる火の粉ははらわなければならない、というのがある。しかし、色も形もにおいもない死の灰をはらうことはできないであろう。神は人間を創ったが、死に至る病を創ることも忘れなかった。病は現代の医学で克服してきたかに見えるけれども、最後に神は人間を自らのおろかさで自滅させようとしているのではないだろうか。それが原子力なのである。

(萱野茂著『アイヌ歳時記～二風谷のくらしと心～』平凡社、二〇〇〇年)

昔からある禁忌——聖地が荒らされたら自然の変動が起きる、聖地が荒らされるなら壊滅的な恐ろしい力が解き放たれる、いろったりしたらタタリがある、と共通しているのが不思議ではないか。これは人類への警告か。

原発問題も何事でも、最初は知ることから始まる。なぜ？　どうして？という疑問を持って探っていくことが大切で、たどり着いた答え（ところ）から真実（問題・虚構・さらなる疑問を含む）が見えてくるのだと思う。

目先の便利さや利益を求めると、必ずと言っていいほど負の遺産を未来に残す。持続可能な社会を構築するには、まず「目先の便利さや利益を求める」ことに対して疑問を持つことだ。放射能・原発に係る映画はドラマ、ドキュメンタリーともにたくさんあるが、機会があれば観てほしいものを、とりあえず邦画に限っていくつか挙げておく（カッコ内は劇場公開年月）。

〈ドラマ〉

『ゴジラ』（シリーズ第一作、本多猪四郎監督、一九五四年一一月）

巨大怪獣「ゴジラ」と人との戦いを「特撮」で描く。東京湾芝浦から上陸したゴジラが、銀座「和光」や「松屋」、国会議事堂などを焼き尽くし破壊しまくる。ビキニ環礁での核実験と第五福竜丸の被爆事件（五四年三月発生、「死の灰＝放射性降下物」を浴びる）をきっかけに企画されたという。

『夢』（黒澤明監督、一九九〇年五月、アメリカとの合作、八話オムニバス）

「第六話　赤富士」
不気味な爆発音とともに富士山が赤く染まる。原発が爆発したのだ。人びとが逃げ惑うなか、「逃げ場所はないよ」と原発関係者らしい男は言う。色付けが可能になったという放射性降下物を色ごとに説明して、男は「お先に」と海に飛び込む。

「第七話　鬼哭《きこく》」
荒廃した台地。気配に〈私〉が振り向くと、角が生え〈鬼〉になった男がいる。水爆やミサイルが撃ち込まれ、「こんな砂漠にした」と言う。動植物も突然変異している。鬼は嘆く——食べ物がなく鬼同士で共食いをしている、角は死ぬほど痛いが死ぬことはできない、自然と食べ物を粗末にした因果か、角の数は権力者ほど多く角の多い鬼が少ない鬼を食う……。死ねない鬼たちは哭《な》くばかりだと言う。

『バリゾーゴン』（渡辺文樹監督、一九九六年五月）
福島県のある村の原発で大きなトラブルが発生していた。本社に運転停止を訴えて認められなかった担当職員が抗議の自殺。同僚は便槽《べんそう》の中で腐乱《ふらん》死体で発見される。監督自身が取材と再現ドラマを用いて、実際に起こった事件の核心に迫っていく。ドラマというよりフェイクドキュメンタリー？

『希望の国』（園子温監督、二〇一二年一〇月）
架空の「長島県」で大地震が発生、原発事故が起こり、避難区域が設定されるなかでの二組の家族を描く。酪農家の一家は道一本隔てて区域外。息子夫婦は避難、親夫婦は家に留まる。だが……。福島での原発事故とその後の国の対応を踏まえ、「あなたの町でも起こりうる」というメッセージが込められている。

〈ドキュメンタリー〉

本橋成一監督『ナージャの村』（一九九七年一一月）、『アレクセイの泉』（二〇〇二年一月）

『ナージャの村』はチェルノブイリ原発事故で汚染されたベラルーシ共和国の小さな村に住む八歳の少女ナージャ、『アレクセイと泉』は小児麻痺の後遺症を持つ青年アレクセイ、それぞれを主人公に置いて日常を美しい映像で追う。立ち退き要請を受け入れず、故郷で昔ながらの暮らしを続ける人びとが描かれる。

鎌仲ひとみ監督『ヒバクシャ——世界の終わりに』（二〇〇四年三月）、『六ヶ所村ラプソディ』（二〇〇六年一〇月）、『ミツバチの羽音と地球の回転』（二〇一一年二月）、『内部被ばくを生き抜く』（二〇一二年四月）、『小さき声のカノン　選択する人々』（二〇一五年三月）

核の問題に長年取り組んできた監督の作品群。『ヒバクシャ』はアメリカ、イラン、日本の被爆者を、『六ヶ所村ラプソディ』は六ヶ所村核燃料再処理施設の問題を、『ミツバチの羽音と地球の回転』は山口県祝島の原発建設反対運動とスウェーデンでの地域自立型エネルギー確立の試みを、『内部被ばくを生き抜く』は福島原発事故後の専門医の対応を、『小さき声のカノン　選択する人々』はチェルノブイリとフクシマの子どもを守る母を、それぞれ中心に置き記録している。

河合浩之監督『日本と原発』（二〇一四年製作）、『日本と原発　4年後』（二〇一五年一〇月）、『日本と再生　光と風のギ・ガワット作戦』（二〇一七年二月）

弁護士で原発稼働差し止め請求裁判を担い、二〇一七年四月には吉原毅城南信用金庫相談役、小泉純一郎元首相、細川護熙元首相たちと「原発ゼロ・自然エネルギー推進連盟」（原自連）を立ち上げた監督の反原発映画シリーズ。弁護士の職能を生かした論理展開と国内および世界各地を取材した起動力が、映画に「原発は要らない」という説得力を持たせている。

★6　チェルノブイリ原子力発電所事故　一九八六年四月二六日、ソビエト連邦（現ウクライナ）のチェルノブイリ発電所四号機で起きた原子炉暴走・爆発事故。国際原子力事象評価尺度はレベル7で福島第一発電所事故と同じ。一九七八年三月二八日、米国ペンシルバニア州のスリーマイル原子力発電所で起きた事故はレベル5である。

断章　緊急事態を知らせよ！

日本の過ち

中央政権ができたときが国だという概念もあるが、
古くは、日本の記紀神話に登場したとも言われる隼人《はやと》・熊襲《クマソ》、ツチグモ・蝦夷・アイヌなど中央政権の政「マツリ」事にまつろわない先住民の住む土地に侵略、
そして強制的に同化させて（弥生から近代まで続く）「我が国」ができた。
眠れない夜に頭に浮かぶ言葉、日本の過去の過ちを自覚させようというのか。

武力主義、朝廷主義
日本土着の古神道から仏教支配へ。神祇《しんぎ》信仰はかたちを変えさせられ新神道へ。そして
廃仏毀釈《はいぶつきしゃく》
天皇が統治する天皇制から天皇が象徴となる天皇制、立憲君主制？

奈良の大仏は、作業中の事故とアマルガム合金での金メッキによる水銀中毒で多くの人命を奪った。平城京が短命だったのは大仏鋳造による水銀汚染が原因だったと言われています。

村八分も含めそれ以上の迫害

楢山節考の姥捨て山は伝説？

身分制度「士農工商エタ非人・障がい者・ライ病＝ハンセン病」

ハンセン病・障がい者・精神障がい者差別

明治維新時の戦争

足尾銅山鉱毒事件：鉱毒で一つの村が滅亡

軍国主義、三国同盟、海外侵略と大本営（帝国主義時代）

治安維持法、特攻警察

日米開戦、万歳攻撃・特攻攻撃、鬼畜米英、捕虜虐待

南京虐殺（民族差別）、朝鮮植民地統治、従軍慰安婦

強制労働

たこ部屋制度

低賃金、重労働、賃金不払い・保険無し・使い捨て労働

軍事産業優遇

レッドパージ＝赤狩り
優生主義、遺伝子医療時代
薬漬け対症療法（精神科医療政策）
優生保護法、保安処分とロボトミー（精神外科手術）、電気ショック
保安処分の頂点としての死刑制度
金権政治、企業を守る政治家を生み出している構造
官僚をのさばらしていたこと
ロッキード事件
四大公害、イタイイタイ病事件・水俣病事件・新潟水俣病事件・四日市公害事件（四日市喘息《ぜんそく》）
自衛隊の合憲性（長沼ナイキ事件）
自衛隊潜水艦と遊魚船衝突
福島第一原子力発電所、一号機・二号機・三号機・四号機、事故は現在進行形
真実を交えた原発事故虚構報道、被害は小さく見せ「想定外」で責任逃れ

文明の維持・発展のため、国もしくは企業により「他民族迫害・支配・差別」や「自然破壊」があるなら、その文明はアンチテーゼとして見なければならない。

真の文明は山を荒らさず川を荒らさず村を破らず人を殺さざるべし（田中正造）。

緊急事態を知ったとして、私はどう告げることができるのか。

荒唐無稽の話

日本の「暴挙」は現在進行形であることを忘れてはいけない。

利益教条主義や全体主義は、民主主義と相容れない。

それらを肯定していくのは軍需産業と侵略企業である。

彼らの代弁をする必要はない。

国という一国主権主義を外した中で、個人企業・集団、地域が自治権を持てる、自治区を選べるというのはどうでしょうか。

荒唐無稽《こうとうむけい》の話ですね。

尊いを問う

いよいよ自給自足の時代です。
体験経験論と疑似体験論および評価論、
もしくは組織防衛論の違いが明らかに見えてきています…ネ。
私は、この違いをいい悪いではなく、
国家と個人の洗脳、自己洗脳と捉えています。
ご都合主義、ことなかれ主義、逃避主義の違いもありますが、
育てる責任を問うことは尊いと思う。
アイヌの「こんにちは」はイランカラプテ・アンナー、
意味は、あなたの心にそっと触れさせてください。
あなたは、神羅万象であり、
アイヌとは言うまでもなく人を意味する。
私を語ることが、アイヌを語ることでもある。
しかし、その私は洗脳され自己催眠もかけられ、
一番先に落とされた「尊い存在」かもしれない。
虚無を教えられ、

逃げることを覚えたか、
闘いに向き合うことを覚えさせられている……かね。
アイヌは歌う、北海道の大地を、
ウレㇱパモシㇼと。
互いに育み育て合う大地と。
母性のつながりであり、
生み出すものの責任を永久に語った言葉だと思っている。
現にそうである。
存在が、その答えである。
育てる責任を問うことは尊いと思う。
夜回り先生は、
いじめで死者出たら学校関係者に処罰をと言う。
厳罰主義では収まらない、
己がイジメする側、される側に即変わるから。
その土地柄、その人の宗教・仕事・プライドが日常会話に入り込み、
子どもは洗脳もされ、攻撃対象を狙う構造もある。
心とは、日々のサブミリナルも「含む」擦り込みによって造られ、

「自他」責任回避のために、
より複雑、陰湿に裁きを求める場合もある。

原発と共存できる人と共存はできない人

偏見と予断でつらつら考えてみました。

〈原発と共存できる人〉

①、今日の放射線量には注意しています、オール電化は便利です、電磁波に問題はありますか?と考えている人が多い。

②、子どもたちの未来に責任を感じても仕方ないでしょ、と考えている人が多い。

③、便利さに犠牲は付き物(憑き物)だと思います、と考えている人が多い。

④、雇ってあげているのだから労働者が私たちに奉仕するのは当たり前、と考えている人が多い。

⑤、衣食住の現状に特に疑問はないし他国に頼ってもお金を払えばOKでしょ、と考えている人が多い。

⑥、原発は管理さえしっかりしていれば安全なもの、と考えている人が多い。

⑦、原発は安全管理をしっかりしても恒久的に利益が上がる、と考えている人が多い。
⑧、自己犠牲は絶対に嫌だ、と考えている人が多い。
⑨、マスメディアを信じている、と考えている人が多い。
⑩、情報公開はパニックや恐怖を生み国益を削《そ》ぐので反対です、と考えている人が多い。
⑪、真実を明らかにすることは煽《あお》ることに繋がるから慎重にしてほしい、と考えている人が多い。
⑫、原発安全コマーシャルは不安を除くためにあったほうがいい、と考えている人が多い。
⑬、番組のスポンサーがどこであれテレビは娯楽と話題を提供すればいいだろう、と考えている人が多い。
⑭、エネルギー産業と政治家の癒着《ゆちゃく》や官僚の天下りは経済発展のためにある、と考えているが多い。
⑮、人間も動物であるから弱肉強食の論理があって当然だ、と考えている人が多い。
⑯、人は人わが身はわが身で他人様の痛みなど知ろうとしたら暮らしていけない、と考えている人が多い。
⑰、自然は都会にもあるし人も自然なのだからそれでいいんじゃない、と考えている人が多い。
⑱、便利さと快適さがモットーでお金をかければエコを取り入れられる、と考えている

人が多い。

⑲、里山・ビオトープ・パーマカルチャーを知らないか知っていても学問の世界、と考えている人が多い。

⑳、自然災害は運命だと諦める、と考えている人が多い。

㉑、動植物を育てることは苦手もしくは嫌いだ、と考えている人が多い。

㉒、好奇心は子どものもの大人が持つのはみっともないです、と考えている人が多い。

㉓、電気メーターはスマートメーターが検針をしないで料金が引き落とされるから便利、と考えている人が多い。

〈原発と共存はできない人〉

1、原発はつくらせてはいけません、再稼動はダメです、廃炉をやり遂げましょう、高圧線にはむやみに近づかない、と考えている人が多い。

2、子どもたちの未来に責任を感じています、と考えている人が多い。

3、目先の便利さより不便でも安全を選びます、と考えている人が多い。

4、賃金格差はよくないし危険な仕事を誰かに任せて済むわけではない、と考えている人が多い。

5、衣食住の自給を自分の課題としてできるだけ実行しよう、と考えている人が多い。

6、原発はどんなに安全管理しようと事故が起きるもの、と考えている人が多い。

7、原発は安全管理と利益確保を両立できないでしょう、と考えている人が多い。
8、ときとして多少の自己犠牲はやむを得ない、と考えている人が多い。
9、マスメディアを妄信《もうしん》せず批判的に読み解きたい、と考えている人が多い。
10、パニック回避のため真実を伝えないことが被害拡大を招く、と考えている人が多い。
11、真実は一部の者に独占されてはならず情報公開をすべきである、と考えている人が多い。
12、原発安全コマーシャルは害ある企業宣伝であるから必要ない、と考えている人が多い。
13、テレビ番組のスポンサーに原発関係企業が付いている弊害を知らせたい、と考えている人が多い。
14、エネルギー産業と政治家の癒着や官僚の天下りは大きな社会問題である、と考えている人が多い。
15、人間は知恵の動物であるから助け合うことができるのです、と考えている人が多い。
16、人の痛みをわが身の痛みとする感受性を持っている、という人が多い。
17、田舎暮らしに憧れているかすでに実行した、という人が多い。
18、自然とともに生きることがモットーで生活の中にエコを取り入れている、という人が多い。
19、里山・ビオトープ・パーマカルチャー・結に興味があるか実行し人にも勧める、という人が多い。
20、自然災害は昔の教えと現在の知恵で被害を少なくできる、と考えている人が多い。
21、動植物を育てることが好きだし今やっています、という人が多い。
22、好奇心は子どもも大人も大切にしてほしい、という人が多い。
23、電気メーターはアナログメーターが電磁波が出ないので健康的で良い、と考えている人が多い。

福島第一原発事故処理作業を進めている人に

東電や協力企業の作業員らに対して「決死隊」という表現をしてよいのかもしれない。サーベイメーターの数値が上がるなか、どのような気持ちで事態に向かっているのであろう。

何度も言います、被災者以外は当事者＝加害者とも考えることができます。
このことを考えることは、すごく大切なことと思います。
いま必要なのは、私たち一人ひとりが「自己責任」を意識し、それぞれの場所で事態に向き合うことと思っています。

明日はわが身ということ。そして、当事者——人の心や痛みをイメージしながら生きるってことだ。

どうかどうか　その　いのち　を　その　すがたを
次の世代に
伝えてください　見せてください
私たちは
こう乗り越えてきたのだと

あのこと　は　ほんとうの
はじまりだったと　どうかどうか　のりこえてください
どうかどうか　きぼうをすてないでください
どうかどうか　ひとりで　せおわないでください
わたしたち　は　さいかい　を　まってます
わたしたち　は　さいかい　を　まってます

富と武器と親殺し

少し過激かな、でもなんだろう
繰り返す……あやまち
人類のみが、人類の豊かさと富を求めつづけているのだろう

豊かさと富は、保存の仕方やアイディアにより、独占できて
金と物と力によって、巨大に膨れ上がり、
一部に富の支配という現象を起こす
富は富を生み、巧みに利用され、
一部は大企業と国という巨大なカタマリに膨れ上がり、
人を支配しはじめる
すると、支配こそが真理となり、
支配は、抑圧と排除に変わる
抑圧と排除による支配は、差別と分断を生み、
差別と分断支配への、生存をかけた抵抗と氾濫《はんらん》は、

無条件に隔離と抹殺を意味するようになる
生存あるいは共存に向けた一縷《いちる》の希望ないし反抗は、
巨大な富からの、お情けばかりの少ない不公平な分配または、
巨大な支配を支えるための武器に押さえられる
故に、その富の格差はなくならない

その巨大な富を武器として「隔離と抹殺」されようとするのは人のみでなく、
巨大な富を脅かす、動植物、菌類にまで及ぶ
すると、こうも考えられる、巨大な富を脅かす人は人であって人で無いと

私たちヒトはホモサピエンス、一属一種という地球上で
まれな、ほかの種、仲間がいない淋しい種族
ヒトがサルから生まれたと言うなら、
そのハダカの猿（人類）を守ってくれたのは、お母さん猿・お父さん猿、
そして猿の仲間たちのはず
その猿たちのすむ地域も少なくなり
オランウータンなど、種族の滅亡が危惧されているが

そのことさえ人類が、加担している
親殺しが好きな種族になってしまっている

私が言うのも何ですが（加害者の立場です）、今、アイヌ（人）は、日本（和人）による侵略と同化政策と、それが招いた貧困格差によって、その豊かな精神文化を失いつつあります。

今、真に、「イランカラプテ」の精神の復権を願う。「イランカラプテ」の心を、日本の民はもちろん、すべての民が必要とする時だと思います。

心の扉の向こう

アイヌモシㇼ一万年祭に屈斜路湖畔より参加したウタリの友を、友人三人と送ることになった。途中「阿寒湖アイヌコタン」で下車、ノッカマップ・イチャㇽパでお会いしたウタリの人たちと言葉を交わす。さらに古くからの友人とも会い、酒を飲む。そんな有意義な一日を過ごす。

阿寒のしぜん
道いけば
みどりは
まだまだ
ふかくふかく
こかった
わたしたちの
のるくるまに
みどりが
手をふり
わたしたちの
くるまをこえて
みどりと
手をにぎりあって
いるようだった
このつぎに
手をふられるのは誰？

このつぎに
手をにぎられるのは誰？
そこに扉があいているよ

ペウタンケを聴く
ケウタンケを聴く
忘れないでください
忘れたくないです

ペウタンケ
ケウタンケ
緊急事態を伝える叫び
もしくはシャモを殺せの意味
その声が聴かれなくなる日を
どうわたしたちが
創れるか
いっしょにわたしたちが

その道を造れるか

しずかです
いつものようにここはあります
でも耳を澄ませば目を凝らせば
「緊急事態発生」
「緊急事態発生」
の……
声が聴こえてきます
世界が見えてきます

IV

この世に役目をもって生まれた

ゴールデンカムイと火の鳥

『週刊ヤングマガジン』で二〇一四年八月から連載が始まった漫画「ゴールデンカムイ」が標語のように使っているのが、「カント オㇿワ ヤㇰ サㇰ ノ アランケプ シネプ カ イサㇺ（天から役目なしに降ろされた物はひとつもない）」（単行本カバーより引用）だ。一八年四月よりテレビアニメ化されていて、適宜アイヌ語も出てくるし、フチ（おばあちゃん）はアイヌ語を喋っている。

この標語のような言葉はもともと「アイヌのことわざ」とも言われ、萱野茂さんがたびたび話したり本に書いているようだ。手元にある『アイヌ歳時記～二風谷のくらしと心～』のあとがきでは、こう説明されている。

例をあげると、ネズミが木の根元をかじって木を枯らすのは間伐の役目。しかも、枯れた木に虫がつき、その虫で鳥がヒナを育てる。鳥が助かり、山も明るくなるわけである。また、小鳥が木の実や草の実を食べ、はるか遠くまで飛んで糞をするのは種運びの役目。リスがドングリを土に埋めて忘れた分は春に芽を出し、それがやがてナラ林になるとその実がクマの食べ物になる。

（中略）もう一度アイヌの心をくり返そう。天から役目なしに降ろされたものは一つもない、と。

「ゴールデンカムイ」の作者は北海道出身の野田サトルさん。明治時代後期の北海道を舞台に、日露戦争の帰還兵である杉元佐一、狩猟を得意とするアイヌの少女アシㇼパを軸に、戦死していなかった土方歳三や占い師インカㇻマッ等々が活躍する。ストーリー展開のなかで、天から降ろされた役目を知る谷垣源次郎という阿仁マタギだった兵士もいる。二〇一四年に『週刊ヤングジャンプ』で連載を始めたこの作品は「マンガ大賞2016」、一八年度の手塚治虫文化賞「マンガ大賞」を受賞している。単行本の重版は一三巻までで累計五三〇万部を突破しているとか。一八年六月に一四巻が発売された。

手塚治虫さんは私の好きな漫画家だ。「手塚治虫は漫画の神さま」。「手塚治虫は日本のテレビアニメのパイオニア」。そう。心の奥底の好奇心をくすぐりながら、直観を刺激させる。火の鳥、ＭＷ（ムウ）、三つ目がとおる、どろろ、鉄腕アトム、ブッダ、ブラック・ジャック、アポロの歌、リボンの騎士、Ｗ３（ワンダースリー）、ジャングル大帝レオ……。自己犠牲と環境保全、そして謙虚さ、そして神話。

手塚治虫さんと言えば、何かで読んだこんな話が強く印象に残っている。アトムのテレビアニメが始まった六三年ころの話だと思う。

鉄腕アトムは一〇万馬力、人工頭脳と原子力をエネルギーとして動き、悪をやっける。テレビアニメで描かれる科学万能の未来世界を、石ノ森章太郎さんは「緑が少ない」「自然がない」と批判した。それを知った手塚さんは、石ノ森さんを猛烈にこき下ろした。しかし、のちに手塚さんは、石ノ森さん宅に出向いて、雨のなか家の前でずぶ濡れになりながら佇《たたず》み、静かに謝った、ということだ。

この逸話が影響したかどうかは分からないが、その後の手塚作品は、アニメでは「ジャングル大帝」「ブラック・ジャック」など、またマンガでは「ブッダ」「火の鳥」など、自然と人の触れ合いや自己犠牲を描くストーリーが増えていったように思う。

「火の鳥」は、手塚さんが五四年の二五歳のときから八九年に六〇歳で亡くなるまで、ずっとテーマにしてきた。未来と過去が、生と死が交差する〝永遠の命〟の物語で、「ブラック・ジャック」と比肩《ひけん》する彼のライフワークだと言われる。

「ブラック・ジャック」には、こんな話がある。七七年のことだ。ロボトミーという脳外科手術を脳性麻痺の子どもに行なうという内容（「ある監督の記録」）に、この治療を不当に美化および正当化していると障がい者団体等から抗議を受けた。この手術は主に精神疾患の治療に使われたことがあり、日本精神神経学会で禁止されていたもの。これに対し、手塚さんと出版社は連名で全国紙に謝罪文を掲載したという。

自己紹介、あるいはきのこの話

一九八八年八月八日から私の旅が変わりました。長い道のりでした。

私、ピリカ・メム・ワッカ（ミクシィ名）、水谷和弘（本名）は埼玉県熊谷生まれ。熊谷を出てからは、東京の西日暮里～栃木県黒羽～東京各地～長野県下伊那郡阿智《あち》村園原～北海道沙流郡字平取町荷負とあちこち動いてきました。荷負には、二〇〇〇年から住んでいます。

私は、過去にとにかくいろいろありまして、それでも八八年八月八日の「NO NUKES ONE LOVE 八ヶ岳いのちの祭り」で死刑廃止を劇にして舞台でアピールしたことをきっかけに、進むべき道が見つかったのでした。この集いの参加者だった長野県大鹿村に住むヒッピーの人たちと交流したことで環境問題を理解しはじめ、この問題を自分の課題とするべく歩みだすことにします。

そして、大鹿村の隣村の阿智村に移住して、その後、アシリ・レラさんと出会い、北海道平取町に移ります。現在の私は、無農薬有機栽培の畑で野菜を育て、森の中で原木きのこ栽培をしています。大いなる自然そして先住民族アイヌにこだわり、ネイティブアメリカンムーベント大好きの不良壮年（老年？）です。

畑は約三反、きのこの里山は約四五〇坪で本数MAX四〇〇〇本、現在一〇〇〇本、ひところは住み込みボランティアを募集し、海外の方も受け入れていましたが、現在は事情があって受け入れは中止しています。

エコな田舎百姓暮らしは体が基本です、特に足腰。冬の準備では、コルセットをしっかりと巻いて、薪小屋から母屋へ段ボールに積めた薪を運びます。四〇〇キロはないと思いますが、合計三〇〇キロ以上、その作業を一人で六〇分ほどで済ませます。一年間に焚く薪は四トンになります。

私のこれまでの仕事先をたどると、生家の硝子《がらす》問屋、立ち食い「名代富士そば」、お菓子屋、ビルメンテナンス会社。大鹿村に移ってからは農事組合法人の売店での販売と納品とそば打ちをやったり、北海道ではデイサービスでの風呂介護、土木工事に従事。そして、お百姓ときのこの原木栽培と、腰に負担を掛けどおしです。おまけに交通事故にも遭いまして、椎間板《ついかんばん》ヘルニアと坐骨神経痛も起きましたが、おかげ様で鍼灸《しんきゅう》と温泉・食事療法などで軽くなり、今は〝寛解《かんかい》〟しています。

きのこの原木栽培は生産者は減少の一途だと聞いていました。時代は太平洋戦争のさなか、椎茸の人工栽培が開発され、その技術が山村を救ったとも言われます。しかし、重い原木をたくさん運ぶため、高齢化した山村では続けていくことが難しくなったからだと。そして、二〇一一年三月一一日、福島第一原子力発電所の事故が発生。

この事故は、東北だけでなく西日本や九州などの原木栽培にも大打撃を与えました。原発事故により拡散していく放射能で、野菜や魚などあらゆる食品が汚染されていきます。とりわけ森や湖・川・海に生きる動植物が深刻な被害を受け、イノシシ、イワナ、きのこや山菜類といった野生の〈ヒトの食べ物〉は絶望的な状態になります。人間社会に目を向けると、原木栽培の生産者は激減したと言います。その理由は、屋外で育ったきのこは危ないという声が広がったこと、椎茸の原木の多くは福島県産だったこと、後継者がおらずいずれ辞めようと思っていた人が少なくなかったことなどが重なったからでした。

食品にはなっていないものも、たとえば福島のニホンザルは汚染された木の実や樹皮を食べていることから内部被曝《ひばく》しているという研究発表もされています。学校で習った「食物連鎖」を思い出します。

「奇跡のりんご」で著名な木村秋則さんのことは、私と同じ無農薬有機栽培の百姓なので、いつも注目しています。木村さんは『百姓が地球を救う』（東邦出版、二〇一二年）で、バクテリアなどの微生物や菌が放射性物質に影響を与えている可能性があることを示唆しています。

また、きのこ類はセシウムを取り込む特徴があることが分かっているようです。実際、除染が困難な森の中で生えたきのこはセシウムをたくさん蓄積しているとか。もっとも菌床《きんしょう》栽培でも培地のおがくず等が汚染していたら影響は出ますし、福島第一原発事故由来ではない、たとえばチェルノブイリ原発事故も関係している等々、すっきりとはいきません。

けれど、私は百姓兼原木栽培きのこ生産者。土壌のバクテリアやきのこたちの可能性を信じます。ヒトに美味しいものを提供し、放射能を食べたり?してくれるとしたら……。

私も小さなきのこ屋ですから声を大きくして言わせてもらいます。宮崎駿さんの『風の谷のナウシカ』を思い出してください。ナウシカの世

付録

我が家の肥料／虫の忌避剤・ウイルス対策／植物活性効果剤

75％家庭ゴミ有機完熟堆肥＋うさぎ糞尿（ミバエ以外のほとんどの虫が忌避します）混合完熟培養液肥

＋7％自作トウガラシエキス（煮出しています。濃さにもよりますが、食害する鹿・アライグマおよび虫、さらにカラス・鳩、種を蒔く前にトウガラシエキスに半日ほど漬けます。周辺散布も効果があります。ウイルスを忌避させます）

＋5％木酢＋3％竹酢＋3％スギナエキス（煮出しています。ウイルスを忌避します）＋3％自生している「キハダ」を煮出した黄檗《おうばく》エキス＋2％牡蠣殻《かきがら》（牡蠣殻を自作柿酢に漬けています）

＋2％カニ殻キトサン（カニ殻を自作柿酢に漬けています）

◎％はプラスマイナス1～2です。以上を適度に混合して濾過《ろか》し、水で700～1000倍に薄め散布します。

※本肥と追肥は

＋薪ストーブ灰＋土壌菌培養米糠＋薪ストーブで焼いた貝殻＋市場で買った発酵油カス肥料（今年は使用を止めました）

界は、巨大産業文明が「火の七日間」と呼ばれる戦争によって崩壊してから一〇〇〇年余り経っています。恐れられていた「腐海」の森でしたが、森の菌類は汚染された大地を浄化するシステムのなかで働いていたのでした。

ナウシカは漫画ですが、きのこの不思議は科学的にもいろいろあります。たとえば、世界最大級の生物はきのこの「ナラタケ」だということ。推定年齢約一五〇〇年、菌糸束の広がり一五ヘクタール、重量約一〇トンのナラタケの仲間のことがイギリスの科学誌『Nature(ネイチャー)』に報告されています。一〇トンの生き物は地上では恐竜や空想のゴジラなどを例外として生息できません。この大きさは地下に広がる部分があってのことで、DNA鑑定をもとにしています。年齢も遺伝的に同一の菌糸が入れ替わりをつづけて生長してきたそうです。

いずれにしても、きのこの菌糸はそれはそれは広く張りめぐらされており、多種多様の菌類と植物と共生関係をつくっています。インターネットに負けない広がりを持っているのですね。

偉大なる師ナナオサカキ

ナナオサカキさんが亡くなったことを朝日新聞の小さな記事で知りました。

ミクシィでも、札幌でナナオさんのポエトリーリーディング（詩の朗読）を開いたnoahnoahさんが告知されていました。

「長老、天に還る。」

え！……絶句。大鹿村に訪ねて行きたいと思っていた矢先の訃報でした。

そうでしたか、今ごろ銀河の果てから私たちを見ているのでしょうか。あなたのいろんな場面が走馬灯のように、私の脳裏に浮かんできます。ありがとう、ナナオさん。

なぜか、私の記憶に強く刻まれているのは、仲間が亡くなったときのことです。

大鹿で、アキラさんの葬儀のとき、ナナオさんは、一言「杖一本持って行け」とおっしゃいましたね。

今度はナナオさんがその立場になったのですね。

「ナナオさん、杖忘れないで持って行ってください」

もう一つ、ニッパチさんの葬儀の日のこと。告別式が終わって皆が沈んでいたとき、ナナオさんはりんごを頭の上にチョコンと乗せ、おどけた表情で皆を和ませてくれました。

ナナオサカキさんが亡くなったのは二〇〇八年一二月二三日のこと。享年八五歳。日本よりアメリカで有名な詩人で、放浪と無所有を生き、晩年は大鹿村の友人の家に暮らしていた。亡くなったときは、家のそばの土の上に倒れていたらしい。

ナナオさんたちは、六〇年代の日本のヒッピー「部族」★1に参加していた。部族をはじめヒッピー共同体はアメリカと日本で始まったとされる。LOVE&PEACE――進行中のベトナム戦争に反対して愛と平和を第一にして自由に生きていこうという運動だ。ベトナム戦争が終わり、次第に社会一般からはヒッピー共同体の存在が薄れていくが、反戦平和、環境を守り、なるべく自給自足で暮らす、音楽や詩や演劇を愛する〝ヒッピー的生き方〟を貫いている人たちが今も日本各地にいる。私が八八年に「いのちの祭り」に出会ったのも、そういう彼らだった。

この本をまとめるにあたり、ネットで検索していて、ナナオさんが『アイヌの民具』(萱野茂著、一九七八年、すずさわ書店)を英訳できないかと考えていたことを知った(『WEB MAGAZIN この惑星《ほし》、「特集 銀河と地球のはざまを生きて―世紀を越える旅人 ななおさかき」〈新詩集の編纂者 原成吉氏に聞く ななおさかきという詩人、その生き方〉取材二〇一〇年一月二八日)。

海外、国内の各地を歩き、アボリジニやネイティブアメリカンの文化にも詳しく、ホピ族のフォーコーナーズに暮らしたことがあるナナオさん。口承詩人と言われるナナオさん。アイヌモシㇼもたびたび訪ねられたことだろう。

二〇一八年三月三一日、東京の国分寺市の公民館で「50年振り返る部族大会　ナナオサカキ没後10周年記念」が開かれた。

いつでしたか、私が泣き叫んで詩を朗読したとき、朗読が終わったあと、ナナオさんは駆け寄ってしっかり抱きしめてくれました。ハグしてくれたね。ナナオさんはレッテルを貼ること、貼られることが嫌い。私と同じです。私にとってナナオは魂の師でした、いやもとい！　皆の魂の師でありつづけます。

★1　**部族**　一九六〇年代に始まる「ヒッピームーブメント」の流れと、既存の体制とそこに安住することを拒否する「ビートニク思想」の影響を受けて六七、八年に日本でできた共同体。当初できた「部族」共同体は、信州富士見高原の「雷赤鴉族」、トカラ列島諏訪之瀬島の「がじゅまるの夢族（バンヤン・アンシュラマに改名）」、東京国分寺の「エメラルド色のそよそよ族」。

アイヌ古老女性からの贈り物

私の隣の家の住人の話である。隣と言っても三〇〇メートルは離れている。彼女は、私が引っ越してきた当時（二〇〇〇年）は、ほぼ毎日と言っていいほど、朝の一〇時ごろ錆びて小さな悲鳴を上げている自転車に乗り、私の家の前の緩やかな坂を通り過ぎ、一五分もするとまた戻ってくる。

戻りのときは自転車を押しながらで、よく見ると自転車の荷台には四リットルのペットボトル四つに水を満たして積んでいる。合計一六キロの水だ。

この水は、私の家から二〇〇メートルほど下った所で、毎秒一リットルほど湧き吹き出ている伏流水である。この自転車の荷台の合計一六キロの伏流水は、彼女の生活のための水だと、後に彼女の話から知った。

聞けば、彼女の家には水道も入っておらず電気も使っていないと言う。家が隣なので、私の家の畑つづきにある彼女の一〇坪ほどの家に、引っ越しの挨拶をして、また私が故郷へ帰ったときにはよくお土産を持って行った。

このお土産の付き合いは、引っ越してまもなく、私が畑仕事をしていたとき、同じように畑仕事をしている彼女が袋を持って近づいてきて、「この袋、あなたにやるから育てなさい」と言ってきたことから始まった。

袋の中を見ると、黒光りをしている黒豆と赤い色をしているジャガイモ(のちに知ったのだが、種類は「赤いも」と「アンデスレッド」とその交雑種だ)がかなりの量入っている(黒豆は一リットル、ジャガイモは一五キロほど)。

こんなにもタダで貰うなんて失礼だと思い、おいくらですかと聞くと、「これから付き合いも長くなることだし、私からのプレゼントだよ」と言う。

それでも多いですからと言うと、黒豆は彼女が言うのには、かれこれ二〇年は作りつづけて来た固定種で、ジャガイモは嫁いできたときからあるのだそうだ(彼女は六〇代と思われたから四〇年ぐらい前から育てているということだ)。

「この種とイモを蒔けば、よーく育つから」と言う。私はちょっと待っててと言って家に帰り、ジュースを持ってきて彼女に渡すと、彼女はニコッと笑い、ジュースを受け取った。

彼女曰く、黒豆は「農協に出すと安く買い叩かれるから、あなたがどこかで売ればいい」、ジャガイモは「まだたくさんあるから種イモに使って」と言う。

私は、彼女への感謝を忘れることはない。なぜなら、この二つの農作物を今も育てている。F1★2ではない固定種なので病害虫に強く、連作障害も少なく、よく育つ。甘味やコクの深さ柔らかさも兼ね備え、黒豆のほうも炊飯器で米と一緒に炊いても柔らかく食べられる。

彼女と会って何度目かに、彼女は私にこんなことを言った。

「あなたは私を調べに来たのかい。また私を裸にして調べるのかい」

「そんなこと、しないですよ。ドウカシタノデスカ」と尋ねると、彼女が言うのには「昔、何人かの人が来て、私が嫌がるのに病院に連れていき、裸にされていろいろ写真を撮られた」らしい(後で私が思うには民生委員が勧めた健康診断かもしれない)。

「そんなひどいことがあったのですね」と私は答え、ほかの話題にしたが、私が病害虫の駆除を聞くと、「そんなことより毒ガスに注意をしなさい」と言う。彼女は語りだした。

「私の家にいる守り神の蛇が納戸の上の柱に巻き付いて死んでしまった。その原因は畑で私を殺そうとしている奴が撒《ま》いている毒ガスだ。この毒ガスで猫も二匹死んでいる」という（後で私が思うには「毒ガス」は木の害虫を殺す農薬であり、愛猫の死は毎年一度この土地周辺にヘリで撒く殺鼠剤《さっそざい》で死んだなり弱ったネズミを食べたからではないか)。

私は彼女について、交番警察官から「おかしなことを言うから気をつけて」と聞かされ、同郷の人からは「きちがい（気が違う）だから話をするな」と聞かされたが、単に彼女の表現方法が他の人と違うだけだと思った。

彼女のことについて、私の家の元大家さんからは、「二風谷ダム建設のための土地接収のとき共有財産の許可認定を唯一人認めず判を押さなかった方だ、偏屈な人だ」と聞いていた。


私が借りている畑は、忙しいとき近くの農家に頼んで耕してもらっている。この日記を書いた日より数えて六日前、その方から、一五日ほど前に彼女が畑で倒れ亡くなったと聞かされた。二〇一四年のことだ。

誰にも厄介にならず、一人で生き、一人で亡くなった姿……。子どもが二人いる、けれど世話をすると申し出てくれても断っていたと本人から聞いていた。「福祉」を受けることを頑《かたく》なに拒否し、年金ももらっていなかった。

今は亡き彼女から、ささやくように言われたことがある。

「これから、いつの日か知らないけれど、食料で困ることがあるよ。私がカムイに一週間祈りを捧げて聞いたとき、『食料倉庫を建てなさい』と。その場所が夢の中で光り輝いていたので、チェーンソーやトンカチを使って私は小屋を建てたんだ」

そんな彼女が、なんだかスーッといなくなってしまった。何かとても静かな威厳があるように感じました。感謝と祈りを込めてイヤイライケレ（アイヌ語で「ありがとうございます」)。

「あなたからいただいたジャガイモは、私が一五年育て、このたび二〇代の若い二人の新しい仲間と三〇歳になった居候《いそうろう》とにプレゼントし、新たな地で芽吹こうとしています」

「あなたからいただいた黒豆は、今新たな仲間によって新たな地に種として蒔かれようとしています」

彼女がそっと私の心に触れました。

「そのとき、そのとき、いつも変わるよ、人の見方は……。あなたたちが楽しみながら美味しい食べ物を仲良く育てることが、私と同胞に祈りを捧げることにもなるんだよ」

物質文明と距離があった一人のアイヌの古老女性。少し変な表現ですが、古老女性とあえて書きました。昔のことに通じている方、私が少しの間触れ合うことができた彼女の命の輝きを、私なりに謙虚に伝え表すことができればと思っています。彼女は、私の知る限り一番カムイに近かったのかもしれません。アイヌ=人間としてただ生きていた、そのこと、そのものが。

古老女性からの贈り物は今も大切にしています。

お隣の彼女の葬儀は、アシリ・レラさんの住む家に近い二風谷生活館で行なわれたと後日聞きました。

また、あるとき、酒の席で彼女の話になりました。偏屈物だ、オカシカッタと言う人たちがいました。少しの間黙って聞いていた私もたまりかねて、「でも、私は人様にご迷惑をかけてきましたが、あの方はご迷惑はかけていませんよね、畑で一人死んで行く、その亡くなり方も含めて立派だと思います」と言いました。彼女の話をしていた人たちは口をつぐみ、私の顔をしげしげと見つめていました。

偏見は群れをなしてやってくる……そう、理性と判断力はおのおの単独でゆっくり歩いてくるが、偏見は群れをなして走ってくる、そう思ったことでした。

★2　F1　雑種第一代＝F1の種子のこと。メンデルの「優劣の法則」にのっとって、異なる親を選んで交配して生産者側にとって都合の良い特質を持つ雑種（交配種）とした種子。この交配種は種をとったとしても、「分離の法則」により性質はバラバラとなる。F1は均質な収穫が望める一方で、種の自家採取を阻む。F1の普及が種苗産業の巨大化をもたらした。

生きることの意味を死刑から考える

一九九七年八月一日、永山則夫さんが亡くなった。東京拘置所で処刑された。

一九四九年六月生まれ、享年四八歳。

私たちの世代から上の年齢なら、「連続射殺魔」『無知の涙』[★3]と聞けば、〝永山〟の名を思い浮かべる人が少なくないだろう。もっと若い人も、アムネスティや永山子ども基金[★4]などと関わるようなことでもあれば知っているだろうし、永山さん自身が書いた本もたくさんあれば、永山さんないし事件のことを書いた本もやまほどあるので、私が思っている以上に今も有名人なのかもしれない。

六八年一〇月から一一月にかけてホテルのガードマン、警備員、タクシー運転手二人の計四人が撃たれ死亡した。使われたのは、米軍基地内の家から盗んだ護身用の小さなピストルだった。拳銃が特殊だったため警察は同一犯と判断、「広域重要一〇八号」と指定した。全国規模で捜査が進むなか、翌六九年四月早朝の明治神宮参道で容疑者が逮捕された。

六九年四月逮捕、七九年七月地裁判決（死刑）、八一年八月高裁判決（無期懲役）、八三年七月最高裁判決（高裁差戻）、八七年三月高裁判決（死刑）、九〇年四月最高裁

上告棄却、最高裁異議申し立て却下、同年五月死刑確定、と長い裁判だった。貧困、子捨て、ルンペンプロレタリアート[★5]、障がい者、差別、少年法……。永山さんが私たちに突き付けてきた問題はさまざまだ。獄中にあって彼は革命家でありつづけ、死後も各方面に影響を持ちつづけているように思う。

　事件を起こしたとき、永山さんは一九歳だった。少年法は、発達途上で未熟な、将来ある者を成人と同じ基準では裁かないとして設けられた法律で、二〇歳未満は少年法が適用された。ただし、悪質・重大事件と判断された場合は、成人と同じ刑事事件として扱われる。が、一八歳未満であれば量刑が減じられる。なお、憲法改正国民投票の年齢と選挙権年齢を二〇歳から一八歳以上へと引き下げられたため、少年法も一八歳未満となる可能性がある。

　裁判過程では、永山さんの逮捕時一九歳になったばかりの年齢と、彼の育ってきた家庭環境および精神年齢が問題にされた。世間に衝撃を与える少年の事件があると、少年法が厳しくなる。厳しくていいという口実ができる。永山さんの死刑が執行されたのも、一九九七年に起きた「神戸連続児童殺傷事件[★6]」で六月に捕まった少年が一四歳一一か月で、少年法「改正」を進める流れに位置付けられるという見方もある。「少年」だからといって「罪」を許すべきではない、と。

　その後、刑事処分の可能年齢が一六歳以上から一四歳以上になった。さらに、少年院送致《そうち》の対象年齢は、おおむね一二歳に引き下げられるなど、世の中と一緒に少年の扱いは寛容さを失ってきている。

私は、厳罰化は犯罪を減らすことには繋がらないと思う。私は一六歳で逮捕されたが、少年法のことなどまったく考えてはいなかった。死刑にしても犯罪抑止力になるという説もあるが、江戸時代はともかく、この複雑な社会においては抑止力にならないだろう。「死刑にならないからやった」とうそぶく少年はいるかもしれないが、死刑にならないからという理由で殺人を犯す少年はいるのだろうか。実際のところは分からないが、近年は「死にたいので殺人事件を起こして死刑になる」ことを望んだケースも出てきている。

ちなみに、私の控訴審以降の弁護は永山さんの弁護団にいた方にお願いした。永山さんは諸般の理由でたびたび弁護士を解任し、第七次弁護団まであるが、第三次、第五次、第六次弁護団にいた方だ。永山さんの控訴審判決は無期懲役。それには二度目の精神鑑定を読み込んだ裁判官の判断、死刑判決は厳正であるべきという信念などが関係しているようだが、永山さんの社会に対する告発や支援者の活動によるという声もある。

永山さんの、この二度目の精神鑑定に関しては、鑑定医の保管していた録音テープを聞くかたちで書かれた『永山則夫~封印された鑑定記録』(堀川惠子、岩波書店、二〇一三年、講談社文庫二〇一七年）に詳しい。私は一三年にNHK・ETVで放映された『永山則夫100時間の告白』を見たが、この企画立案とディレクターを務めたのが堀川さんだ。彼女は広島のテレビ局に勤めたあと、フリージャーナリストになっている。

この二度目の鑑定では、〈被告人は、犯行前までに高度の性格の偏りと神経症徴候を発現し、犯行直前には重い性格神経症状態にあり、犯行時には精神病に近い精神状態であったと診断される〉（鑑定主文より）とされた。また、没後二〇年の二〇一七年には、鑑定した精神科医が〈いろんなPTSD★7（心的外傷後ストレス障害）が重なって、知・情（知性と感情）ともに発達できなかった〉と話している（〈『永山則夫』刑執行20年、二審を無期に導いた「精神鑑定書」に描かれた壮絶人生、弁護士ドットコムニュース〉より）。

永山さんにとっては、「精神病に近い精神状態」ということは、たとえ裁判で有利になるとしても認められないことだった。それは、家族のなかで唯一、愛情を寄せ可愛がってくれた、母親替わりだった姉が精神疾患で入退院を繰り返していたことが影響しているという。いずれにしろ、番組を観て、PTSDになるような虐待やいじめは、脳機能に障害を与えるということが分かった。

子ども時代の極限とも言えるストレス――母に捨てられ兄弟に無視され乱暴され、

誇りにも思っていた父は〝野垂れ死に〟……。そして、非行、犯行、逮捕……。六〇年代末から七〇年代初頭の闘う時代に、自らの無知を知り、「私をつくった社会」を徹底批判していく。情状酌量《じょうじょうしゃくりょう》は要らない。革命家の道を歩むのです。

満たされない感情を「罪」となる行為で表す人がいます。「罪」人は法の中で裁かれます。でも、そうした過程でも、また「罰」を受けるなかでも、教育や洗脳もしくは矯正《きょうせい》で人は変わります。

永山さんのことを思うと、彼はものすごくたくさんの役目をもって生まれてきたのだと確信するのです。もっともっと長生きしてほしかった。今の時代について、どう考えているか聞きたかったと思います。

死刑について言えば、死刑を肯定する人たちは、「遺族の気持ちを考えれば、死刑は必至」「死刑でなければ、被害者遺族は浮かばれない」といった意見が多いかと思います。死刑判決を受けた者は執行まで未決囚として扱われますが、なかには「税金の無駄遣いだから早く執行すべき」という極端な意見を持つ人もいます。

永山さんに殺された四人のご遺族も、極刑を望んで当然だと思います。しかし、一つ言いたいことがあります。遺族が死刑を望まなくても死刑は執行されるということ。実弟が交通事故と見せかけられて殺された兄（著者）は、犯人の死刑が執行され、葬式が終わったときに次のように思います。

家に帰っても、長谷川君が生きていた一昨日までと我が家は何ひとつ変わらないと思いました。加害者が死刑で殺されても、僕も母も僕の家族も、決して弟が生きていたあの頃には戻れないのです。そのことへの労りは誰からもなく、「死刑になってこれで一件落着」だと思われたとしたら、僕は本当に浮かばれません。国というのは、何のためにあるのか、と思いました。国民のためではなく、役人の保身のために国も法律もあるのではないか、と腹が立ちました。僕は、わがままなのでしょうか。独りよがりな考えなのでしょうか。しかし、この思いが偽らざる気持ちなのでした。

(原田正治著、構成・前川ヨウ『弟を殺した彼と、僕。』ポプラ社、二〇〇四年)

死刑囚でも、望めば情願作業ができ作業報奨金が支給されます。それを被害者遺族に送り届けているという話も聞いてます。死刑囚になれば、社会参加もせず(できず)、社会貢献もせず(できず)、被害者遺族に何もできない今の死刑制度は——百歩譲って制度を認めるとしても、おかしいのではないでしょうか。

アムネスティによると、二〇一七年末現在、世界で一四二か国が法律上あるいは事実上、死刑を廃止しています。死刑を廃止できないなら執行をしなければいいのです。そして、たとえば、他の懲役と同じ現行の強制（矯正教育も含む）労働をさせ、その賃金を被害者遺族に支払うとしたら……。しかし、現実は、一八年三月、日本は国連人権理事会の死刑制度の廃止や一時停止を求める勧告を拒否しています。

人は経験で変わり、人との関係のなかで変わります。ウレシパ（育み合い育てる）という喜びを誰もが経験できたらと思います。それは、時に自己犠牲を伴うかもしれません。

宮沢賢治の「よだかの星」は、私の好きな童話です。「グスコーブドリの伝記」とともに、この作品は賢治の自己犠牲への思いが強く反映されていると言われています。最後のところだけ紹介しましょう。

それからしばらくたってよだかははっきりまなこをひらきました。そして自分のからだがいま燐《りん》の火のような青い美しい光になって、しずかに燃えているのを見ました。

すぐとなりは、カシオピア座でした。天の川の青じろいひかりが、すぐうしろになっていました。

そしてよだかの星は燃えつづけました。いつまでもいつまでも燃えつづけました。

今でもまだ燃えています。

（インターネット図書館「青空文庫」より）

混沌と矛盾が私を捕らえ、逃れようともがきながら非行に走り、一六歳で逮捕された私です。そのころに「よだかの星」を読んでいればと思います。軽んじられ罵られても諦めない「よだか」。最後は星になっています。自己犠牲というより自分勝手に死んだととらえるむきもありますが、賢治にとって自己犠牲は生きることだと思うのです。星となって生きる。それは、強制された自己犠牲ではなく、自立した自己犠牲です。

二〇一八年七月六日、麻原彰晃（松本智津夫）死刑囚はじめ七人の死刑が執行された。二十日後の二六日、林泰男死刑囚はじめ六人の死刑が執行された。これで、オウム真理教の一連の事件で死刑が確定していた一三人全員が元死刑囚と呼ばれることになった。

なぜ今、死刑執行したかについては、一九年四月末に予定されている天皇の退位を前に、「平成の事件は平成に終わらせる」という意図があったとも、二〇年夏に開幕が予定されている東京オリンピックを前に、「国際社会からのこれまで以上の批判を避けるため死刑それも大量処刑を済ましておく」という対策でもあったとも言われている。

改めて考えます。犠牲者は被害者だけなのでしょうか。

★3　**『無知の涙』**　心境、読書感想、漢字練習、社会認識と批判などさまざまなことが綴られていた大学ノートから、編集者が抜粋、構成して一冊にまとめた最初の単行本。一九七〇年合同出版から刊行、ベストセラーになった。『増補新版　無知の涙』は河出文庫より九〇年に刊行。

★4　**永山子ども基金**　ペルーの子どもたちに奨学金を贈る活動。永山さんは逮捕後早い時期から、本を書き、その印税を被害者遺族に贈りたいと考えて実際にやった（受け取り拒否遺族もいる）。遺言として「日本と世界の貧しい子どもたちへ、特にペルーの貧しい子どもたちに使ってほしい」という永山さんの遺言を踏まえ、死刑が執行された一か月後に作られた。なぜペルーかというと、処刑される九七年四月に、解決されるまで四か月続いた「在ペルー日本大使公邸占拠事件」があり、関連の新聞報道でペルーの貧しい子どもたちの苦境を知ったからだろうという。

★5　**ルンペンプロレタリアート**　永山さんが自らの立ち位置とした最下層のプロレタリアート。社会の最下層にいる階級意識を持たない浮浪的無産者としてマルクスが使った。『共産党宣言』では〈反動的陰謀に買収されやすい連中〉と否定される存在。永山さんは「驚産党宣言」草案（『人民を忘れたカナリアたち』辺境社七一年、角川文庫七三年に収録）で、現代社会は「大ブルジョアジー」「プチ・ブルジョアジーおよび貴族的プロレタリアート」「ルンペンプロレタリアート」の三つの階級があるとした。

★6　**神戸連続児童殺傷事件**　九七年二月から五月にかけて兵庫県神戸市で複数の児童が襲われた連続殺傷事件。この事件は後に〝犯人〟が「酒鬼薔薇聖斗」と公表した名前（当初は読み方不明、その後明らかにした）から「酒鬼薔薇聖斗《さかきばらせいと》事件」「酒鬼薔薇事件」とも呼ばれる。犯人像はいろいろ憶測されたが、同年七月に逮捕されたのは一四歳の男子生徒で、社会に大きな衝撃を与えた。少年は、神戸家庭裁判所の判断で医療少年院送致が相当と判断された。

★7　PTSD　Post Traumatic Stress Disorders ＝心的外傷後ストレス障害。戦争、天災、事故、犯罪、監禁、虐待などによって強い精神的衝撃を受けたあとに起きる、不安や睡眠障害、抑うつなど、精神的苦痛や生活機能障害等さまざまな症状。脳の機能障害も生じるともいう。

オオカミの役目

五日前のことだが、初めての経験をした。

里山の森の持ち主が獣害駆除のため射殺されたエゾジカを解体する時間がないから、そのまま池に捨てるというので引き受けることにした。シカは、私が借りている畑の端より五〇〇メートルほど離れた山の急斜面に転がっていた。昨年生まれたと思われる子鹿、それでも五〇キロ〜六〇キロありそう……大きい。

引き受けたものの、この大きさを見て、はっきり言ってビビった。釣り上げた九〇センチはある鯉《こい》をばらして調理したことがあるが、これは別物、恐れ多い。私の力量を超えたことを引き受けたと思った。

誰か解体をしてくれそうな人を探して何ヶ所か訪ね歩くが、見つからない。せめて手伝ってくれるよう友人に頼むと、その場所まで付き合うが手を出さないと言われる。

家に帰り出刃《でば》を持ち出して、結局エゾジカの解体は自分一人でする。腿《もも》の付け根の皮に出刃を突き刺し、つま先に向かって切り裂き、切り開いたところの皮を持ち上げ、皮と肉を切り離す。足のつま先の肉が薄いところは出刃で叩き切る。血は、撃たれたあと出尽くしたのか、滲《にじ》みもしないので作業がしやすい。首を斧《おの》で落とそうとするが、三度振りかざすも、皮がそれを拒み、切り落とせない。

結局、後ろ足・前足・背のロースの肉を切り取り、一五キロ〜二〇キロほどの肉を手提げ籠《かご》へ入れ、急斜面を登る。途中、大人一人半抱えほどあるナラの大木の下で一休み。

肉は、煮て食べるときは灰汁《あく》が強いため、煮こぼしを二度繰り返す。圧力鍋の作り置きのカレーの中に小鹿のロースを入れる。前足一本は、お付き合いしてくれた友人に。もう一本は、三匹の愛犬に。後ろ足は、冷凍に。

大いなる自然に感謝。林・森・原野と山々を走り飛び回るエゾジカの偉大な姿が頭の中を横切った。

イオマンテ……祈りを捧げる仕方が分からない。イオマンテは動物を殺してその魂であるカムイを神々の世界に送り帰すことだ。ヒグマ（キムンカムイ）のイオマンテは、祭り事として有名だが、他の動物、エゾオオカミ（ホロケウカムイ＝狩りをする神、ほか）、そして一部の地域ではシマフクロウ（コタンコロカムイ）のイオマンテ、またシャチ（レプンカムイ＝沖の神、ほか）を対象とするイオマンテもある。

ちなみに、エゾシカのことをアイヌはユックと呼ぶ。「ユックカムイ」とは呼ばない。なぜなら日常の食料だから。アイヌの自然観と自然への感謝、畏敬の念はものすごく、共感し学ばなければならないことが多い。

天敵がいないエゾシカは増えすぎ、今日では農作物や植林の被害が甚大だと聞く。エゾオオカミが滅んだことがそうさせた。すべての原因をつくったのは和人であるだろう。明治初年から、北海道に渡った和人による過度の狩猟、鹿肉の缶詰工場をつくっての大量輸出、また大雪といった条件が重なってエゾシカが激減した。一方、食料をシカに頼っていたオオカミが和人の飼う馬を襲うようになった。そのため、猛毒入りの餌で殺されていく。そして、明治三〇年（一八九七年）ころには絶滅したと言われる。

狩猟・採集・農耕は大いなる豊かな生態系を壊さず、共生関係を保つべきなのだ。循環農法、パーマカルチャー、里山は、永続性と共生がその基本にある。利益を過剰に求める場合は成り立たない。

私が借りている里山も、地権者が山の木を伐って畑にするという。エゾジカを解体しているとき、チェーンソーの音がして、やがてほかの木をバリバリと割り倒す音が聞こえてきた。一五メートルを超すタモの大木が倒れる響きが地面から伝わる。あの森の中の、ヒカリゴケの優しい神秘の光が脳裏に浮かんだ。

「地球は一つの生命体」であると提唱するガイア理論がある。当時NASAに勤めていたジェームズ・ラヴロック氏は、のちに「ガイア仮説」(のちの「ガイア理論」)と名付けられる研究を一九六〇年代から続けてきた。そして、一九七九年に『地球生命圏—ガイアの科学』を刊行したことによって脚光を浴びる。この仮説は、生物と無生物が関係し合って地球の環境を恒常的に維持しているというもの。日本でもエコロジー関係者によって共感を広げ、九二年にはこの理論をもとにして、龍村仁監督によって『地球交響曲(ガイアシンフォニー)第一番』というドキュメンタリーがつくられ、上映活動が全国展開する。映画はシリーズ化、現在『地球交響曲第八番』(二〇一五年公開)まであるそうだ。ラヴロック氏は、二〇〇六年刊行の『ガイアの復讐』で「必要なのは持続可能な撤退なのだ」と書いている。

アイヌには、土地を所有するという概念はありませんでした。生物と無生物をくっきり分けることもしなかったのだと思います。動物たちのカムイと道具などのカムイがともに存在します。また、人の視点からのみ世界を見ず、フクロウやヒグマなどからも世界を見ようとしています。

リスは、冬に備えて木の実を複数の場所に蓄えます。いくつかは食べられずに残され、春になって芽を出します。クマは、川を上るサケを捕まえ何キロも離れた巣穴などで食べるといいます。サケは腹を食べられ、食べ残しは土に埋められたり捨てられます。こうして種と肥料が森をつくっていきます。

きのこや微生物たちは小さく目立ちませんが、自然を豊かにする大きな役目をもっています。エゾオオカミは大きく強いものとしてエゾジカを食べて、森が壊されるまでにエゾジカを増やさないという役目をもっていました。

ウレシパモシリは、いろんなことを私に教えてくれるのでした。

断章　この世に役目をもって生まれた

あなたに届け、産土に帰るとき

いつかアナタが産土に帰るとき、
その産土は、貴女に微笑みかける
旅を終え、貴男が故郷に戻るとき、
あなたの故郷は、あなたをアタタカク、迎えるだろう
もし貴方に故郷がなければ、創るだけ
貴方の故郷を、一人で作るのも、いい
皆で作るのは、ナオよいだろう
ソコはココは、皆のそして、あなたの場所

私の出した答えは、産土とは今ココ、生まれた大地「日本にすべてがある」だった

海外ではなくて、「日本」のウレㇱパモシㇼだった
もっと言えば、キャラバンサライ＝心のオアシスに向かう旅の隊列だった
「自分＝人＝アイヌ」だった
私の思いは、幼子である私をも含め「貴男」に届くことを祈り、
なおかつ水谷和弘という私から「貴女」に送りました

働かせてくださいっ！

昨日、テレビで上映していた宮崎駿のアニメ映画『千と千尋の神隠し』。
『もののけ姫』について、同じテーマで語っている部分がある。
むしろ、言い足りない部分を語った。
私が日常に追われ、忘れているものを、
映画はもう一度思い出させてくれたのです。
八百万の神々が癒される温泉宿のなかで、宿を仕切る湯婆婆に
千尋＝千は「働かせてくださいっ！」という場面があります。
そのとき、私は、私たちは、皆と一緒に、

本当にやるべき仕事をしてない、働いていないと。
川を護《まも》る龍が「お腐れ様」に見まがうほどに成り果て、
川の流れさえ止めてしまう。
川を汚して（穢《けが》して）いると感じたのです、私たちのせいで。
私が、長野の山奥で住んでいたときのことです。
川が白龍に変わったのを目の前で見ました。
台風が来て、大水が出て、
大きな岩が、川の中で流されていたとき、
石と石がぶつかり合い、すごい音とともに、
白い火花が、川面を染めるのです。
大水が出て水が程好く澄んでいたから、現れたのでした。
千尋がよそに行くよう導く「顔ナシ」は、
ケガレた水の化身であり、
人の、欲が作り出したバケモノです。
一人ひとり、白龍の住む世界を選ぶのか、
顔ナシが利益誘導する世界を選ぶのか、
ホコラ（結界）の前に立たされているのです。

千尋は、決めました。
ホコラの中を進んだのだから。
ほかの人が嫌う仕事を、
臭い臭い「お腐れ様」をお湯に導くことを、
千尋改め「千」は無垢《むく》な気持ちで無意識に選んだのです。
千の力は、「お腐れ様」から、
自転車を、釣り竿を、おもちゃを、冷蔵庫を……
ありとあらゆる捨てられた人の生活用品を吐き出させ、
もとの龍に返し、また傷ついた白龍をも救います。
『千と千尋の神隠し』を観ていないと分からない話でした。
あいすいません、どうも。ああ、でも、私も……
「働かせてくださいっ！」

季節の到来

山菜の季節到来が待ち遠しいです。

フキ・行者ニンニク・タラの芽・クレソン・セリ・ヨモギ・一本菜・葉桐の芽・つくし・ウド・イラクサ・イタドリの芽・椎茸……。親父（ヒグマ）の領分に入らないよう気を付けます。

今、近くの里は福寿草が満開ですヨ。

今の私は、強く呑気《のんき》に自然を愛しています。

私は、ネイティブアメリカンの言葉「今日は死ぬのにふさわしい日だ」という思いを、本音として持てるようになりました。

条件を付けているのは人間のみ。無条件の愛は母性——自然界にはたくさんたくさん、それはそれは数え切れないほどたくさんあることを知りました。

相互に祈り合い、無条件の愛に包まれている。すべてが広がり、すべてが縮む、そんな感じです。

マッコあんちゃん

友人の六一歳のウタリ……

山を知ってる、マッコあんちゃんが死んだ、五月四日月曜日

アア、あの日が最後の別れの日……だった
海を知ってるマッコあんちゃん
ユンボーの名運転手だったと、聞く
危険な場所も引き受けてくれて、きれいに、ていねいで、仕上げが良い……と
アア、私は一万年祭の会場も整地してくれた、あの勇姿を見ている
報道関係の本の表紙も飾ったことのある人、マッコあんちゃん
死に至る…大腸ガンの前に、脳溢血《のういっけつ》で障害を持ち苦しんでいたという
聞くところによると、余命一か月……それでも、酒を選んだマッコあんちゃん
それでも、笑顔を忘れなかったマッコあんちゃん
息が苦しくなっても酒を放さなかった……その姿を思い出し乾杯だ
今度釣りに行くとき連れて行ってくれないかと言われた、私はいいよと答えた
その約束を、今思い出した
アレから実は釣りに行ってないのと言っても彼には届かない
ごめんね、約束守れなくって
子ども二人が懸命に寝ずに線香を上げて守っていた
「お父さんは人に話さず、ずーっと闘ってたことがあったんだよ」と魂の中で話しかけた
マッコあんちゃんが、ニヤリとしたようだった

私の肩がスッと軽くなった
姿勢を正し失礼して、イランカラプテ・アンナー
あの、笑顔にヨシキ（酔っ払い）に乾杯だ

ノアの箱舟

私のノアの箱舟。始まりは生物多様性空間を認めることから、謝罪する気でその空間を作らなくってはいけないと思います。

里山、ビオトープ、パーマカルチャー、結、身土不二。そのような空間かと思います。すべての生き物が休める場所。

大いなる自然は、ほんの少し人の手を加えれば、優しく時に激しく「復元」していきます。恐れずあれやこれやと心配せず、大いなる自然を信じて行動する時なのです。もう遅いとか考えないでください。でもお金が必要とか考えないでください。

一人ひとりが、どんなに小さな箱でもいいのです。

作りましょう。そこで育てて食べましょう。

やるか、やらぬかです。まだ間に合います。

逃げてはいけないこともあります。

避けて通してはいけないこともあります。

無視していけないこともあります。

たとえば、アグリビジネスの巨人「モンサント」。枯葉剤を製造し、遺伝子組み換え作物を開発してきたアメリカの多国籍企業。

そのモンサントも、ドイツの「バイエル」に買収されました。

日本では種子法と種苗法《しゅびょう》の〝改悪〟です。

春の声、聞こえますか

畑に積もった雪が解け、小川を作っていました。

小川の流れを、一生懸命スコップで変えてる自分が少し可笑《おか》しかった。

あの水には、私が撒いた有機肥料が溶けてるのかな。

うちの北海道犬、ピリカとタオのオシッコ、ンンチが、溶けてるのかな。

雪の中から出てきたピリカとタオのンンチを、これまた畑に一生懸命スコップで投げ入れる私。

川に、余り流れ出ないでほしい、な。

（肥料分が畑から出るともったないし、小川に肥料分が流れ込むと窒素《ちっそ》など多い水になるからネ。富栄養化《ふえいようか》も困るんだ。）


昨日は雪が解け、今日は畑に雪が積もり、冬に逆戻り。

寒い、昨日と一〇度近くも違うのだから。

故郷の熊谷では雪なし記録を更新中（都内でも）。


変化はあるもの、変わるもの。

人の手が関わりすぎると、修復不可能になるのが多いって言うよ。

今度の『春』はどう動くの。

そうそう、そろそろ、世界的な気候変化を受けて、食料自給率のことがマスメディアに取り上げられることでしょう。

この面で、地方自治体で強いのはここ、「アイヌモシㇼ」＝神々と人間がともに暮らしていたという、名を改め、北海道という大地。日本で食料自給率、いつもトップクラスの地方自治体は「アイヌモシㇼ」なのですよ。

私だからできることが必ずある

経験してきたことと聞いたこと、疑似体験をはっきり分かるように表現できる・表現することで「地にしっかり足を着ける」。
この地球に何が起きているのか、その流れに対して私は何ができるのか。
ふと考える機会から見えてくる、私にできる限界を超えることは何?

自給率と搾取、
小さな畑を耕し種を蒔く、
満ち足りてるけど、
わけられないまどろっこしさ。
いや、わかち合えないものがなしさ。
それでも種を蒔く、
私にできることだから。

私は、机上の理想主義を語ったあと、私にできることを探して行動していく。

その答えは、種を蒔きつづける、そして里山では原木きのこを育てる、この単純でいていろいろなやり方がある百姓＝一次産業をやるべく自らの知恵と労働を惜しまないこと。

その答えは、畑作業で健康維持をはかり、この自然環境のなか、できる限りの生物共生関係を保つこと。

その答えは、無農薬有機栽培。植物性の昆虫忌避成分を用いて食害を抑えたり、微生物等を用いてウイルス病を防ぐこと。

病害虫抵抗力を付けたものを食べ、売って生活費も捻出《ねんしゅつ》。できることをしている現在の私だから……。

私の思いは、「反」ましてや「嫌」という小さな枠に入るものではなく、「恥」という気持ちでなく、今ここ地球の、この文明のなかで何ができるか、にある。

原発や火力発電・ダムでつくったエネルギーは使いたくなく、使うなら再生可能エネルギーを使いたい。

自分の消費エネルギーはなるべく無駄に使いたくなく、使うなら共存・共生やシェアできる対象に使いたい。

たとえば、ホーム（家）で行なう障がい者介護などと労働のシェア（分担）と財産のシェア（共有）。

私一人は何ができるか、私と手を組む人と何ができるか、皆で何ができるか。
そして、なんで皆で理想を求められないか、私一人では何ができないかです。
私は、ラベリングや決めつけされるようなことをしていません。
したいことを次つぎに行動しているのです。
自分で責任が取れる範囲で、と思うことをしています。
ですが、感情に流されて、時には暴走し、なかには支離滅裂なこともしています。
でも、やがて冷静になり振り返っています。
なんだか「私だからできる」という修業をさせられている気もします。
それは、皆さんもそれぞれに同じだと思っています。

おわりから始まること

私からの伝言

話し、ハ・ナ・シ＝手ばなす、もともと無い「闇」を
昇華できる経験、それだけを望み、あるときから生きてきた

手を開くと「光」があった
何度も、何度も、揺り戻しがあろうと
手にしていたのは、母と父、ご先祖さん、
そして、
遠い遠い生命の源から、脈々と受け継いだいのち
いのちからもらった、愛という光だから、
消さないでほしいのです

長い長いキャラバンを組んで、人生という旅をしてきました

行き交い、すれ違い、向き合えるのはほんの一瞬、
だから、本音で向き合いたいと思うから
だから、時には、長くも、こんなこと、あんなこと、
語りたい、語り合いたい
だから、今日も、パソコンに向かってキーを打つ

私は、もう死にたいと思うことをやめます
もし、自殺を考えていたなら、踏みとどまってくださいね
もし、自殺したい人がいたなら、側《そば》にいてほしいけど

だんだん朝が見えてきました
もうじき雪解け、
きのこの植菌《しょくきん》も、種蒔きも、もうすぐです
植物は太陽の光で育ち、
きのこは、月の光で育つと言われてきた
陰陽、バランスが取れれば十分

つたない私の伝言を
読んでくれた人、
不快に思った人、
覗いてくれた人
拡散してくれた人へ
心からのありがとうを伝えます
拝　礼　拝

おわりから始まること、あるいは光の色で見ること

一九七二年（昭和四七年）九月一七日、高校一年生の私は放火の疑いで逮捕され、十日後、警察の留置所で一七歳の誕生日を迎えた。

私は、幼稚園児のころから小学生のころまで、祖父に泊りがけで伊勢神宮や熊野大社、出雲大社などに連れて行ってもらった。東京の明治神宮など近郊の神社に日帰りで行ったこともある。そのころ乗ったブルートレイン（寝台列車）、ＳＬ（蒸気機関車）が懐かしい。祖父は熊谷市の市会議員を四期続けた、いわゆる地元の名士だった。

小学校のとき、たぶん一、二年生と幼いころ、「人の幸せ」について考えるようになっていた。子どもは誰でも、子どもなりに、生きるとは？　死ぬとは？と考えるようになるのだと思うけれど、私は少し早かったかもしれない。

私の家は、住友系列の板ガラス問屋で、併《あわ》せてマンションとアパート経営をしていて、当時は贅沢《ぜいたく》ができる環境だった。けれど、両親は毎日のように夫婦喧嘩《げんか》をしてい

て、私の存在を無視しているとしか思えなかった。母親は〝家付きの娘〟で、私の父親とは再婚、父が違う兄は祖父母と養子縁組をしていた。

たぶん私が小学二年生のときのことと記憶しているが、深夜に母は私の手を引いて料亭に突撃した。その料亭は母の友人がやっていて、その友人が母親に電話、父親が芸者と遊んでいると報告したのだった。母親は、子どもの私にそうした夫を見せたかったのだろうか。私には「父の醜態《しゅうたい》」の思い出となった。

中学校一年のとき、その母親が証券会社の男とデートの約束をする話を聞いてしまった。電話に盗聴装置を付けたのは私だが、これが母親にバレて包丁で追いかけまわされた。そのときから、人の顔を思い出そうとすると、みな化け物に見えるようになった。

私が中学三年生のとき祖父が死んだ。中学を卒業した私は、家族の采配《さいはい》で、私の実力を超える高校へ入学した（いわゆる裏口入学だ）が、すぐに不登校、退学して別の高校に移った。不良仲間と遊ぶようになり、シンナーの吸引、夜遊びが日課となっていった。

理由《わけ》の分からぬまま逮捕された私は、その後、検察官逆送[★1]となり、結局六件の放火と放火未遂事件について起訴され、有罪となった。

刑務所では、労役が終わって夕食をとると、就寝時間の午後九時まで自由時間があった。その三時間と日曜日などを、私は読書と日記を書くことに費やした。読書感想と手紙の下書きもある二冊の日記（大学ノート）は引っ越しを重ねても大切に持っていた。紆余曲折《うよきょくせつ》があったものの公刊に漕《こ》ぎつけ、二〇〇一年八月に『獄中日記～16歳の罪と罰～』の書名で三樹書房から出版された。裁判と判決について、同書の前書きで簡単に説明している。

> （略）裁判は、一審では、父が親戚にあたる元検事の弁護士に弁護を依頼し、「ボンド（シンナー）酩酊《めいてい》」を前面に出して、心神耗弱《しんしんこうじゃく》による情状酌量《じょうじょうしゃくりょう》路線で争う。このなかで、弁護側の主張する精神鑑定が認められ、私はボンド吸入試験を含めた一八日間に及ぶ入院検査（鑑定留置）を受けた。その結果、知能は正常で精神病の所見は全く認められない「著しい異常性格者」という、むしろ検察側に都合のいい鑑定が出された。
>
> 求刑は懲役一〇年、一部減刑の余地はあるが責任能力はあるとして、懲役六年の有罪判決が下ったのは七六年六月のことだった。私は控訴した。この二審では、自らの意思で新たに選任した弁護士等とともに「捜査の違法性」「放火の実行犯」問題を前面に出して争ったが、七八年一二月、控訴棄却。最高裁への上告も八〇年八月に棄却、異議申し立てもしりぞけられて、一審判決の懲役六年未決通算[★2]三〇〇

日の刑が確定した。八年間の裁判だった。

八五年九月、満期の一か月前に私は仮釈放された。刑務所から出て、私は結婚の話も出たことがある恋人の家に電話をかけた。歳月が過ぎ、彼女にとって私はもはや恋人ではないかもしれないけれど、彼女の声を聴きたかった。数回のコールで受話器はとられたが、水谷ですと名乗って彼女の名前を出すと、お母さんだと分かる声が「いません」と答えた。

「家を出られたのですか。結婚されたのですか」と尋ねると、わずかの間を置いて泣き声が電話から溢れて来る。

「ごめんなさい……自殺、入水《じゅすい》自殺しました。ごめんなさい、水谷さんは娘の分まで生きてください」

受話器を持っている手が震え、なぜか周りの景色が橙色《だいだい》一色に染まった。立っているのか座り込んだのかも定かでない。そのときから私は食べることも寝ることも困難になった。だるくなって横になって瞼《まぶた》を閉じると、私を見ている私が見えた。傷つけようと襲おうと攻撃してくる何者かに抵抗している私の姿を冷ややかに眺めている私だ。

私は、精神鑑定批判をしてくれた精神科医院を訪ね、「私をこの世界でやっていけるようにしてください」と申し出て、一か月ほどの入院生活を送った。退院してからは、獄中で読んだ本や裁判の支援をしてくれた人たちの影響もあって、死刑制度廃止運動や精神病者の差別問題に関わるようになった。精神病者の抱えている問題を仲間同士で解決する方法を探す集団にも参加した。こうした活動と新しい出会いのなかで、思い浮かべる人の顔が化け物から人へ変わっていくようになった。

結婚もして、二人の子どもにも恵まれた。だが、妻となった彼女も大きなトラウマを抱えていたのだった。あるときから、その聞きたくない過去の話を私にしはじめ、「私たちは共依存」★3だと言う。また人の顔が化け物に見えてきた。

そして離婚。彼女は専門職の資格とキャリアがあるので、経済的な自信を背景に「子どもたちとは会わないでほしい」と宣言した。私が北海道に行った理由（動機）の一つは、子どもたちと会うのが物理的に難しくなることだ。実際、妻には「お父さんが夢だった北海道にでも行ってしまえば、私のことも子どものことも忘れられるでしょ」と言われた。

アイヌ活動家のアシリ・レラさんが共同生活を送るチセに半年間居候したあと、そこを退去して家を借り、家を買い、今日に至る。もう人の顔を思い浮かべても化け物になることもない。中田修鑑定★4で私は「精神病質」、いわゆるサイコパスだと鑑定された――ずっと囚われていた。そこから解放されたのだと気が付いた。

もうおわりだと何度思ったことか。でも、おわりから始まるのだと気が付いた。命が続く限り始まりは繰り返される。一つの命が終焉《しゅうえん》を迎えても、その命が繋がっていくのではないだろうか。いや、繋げていかなければならないと。

ソーシャルネットワークサービス（SNS）のmixiミクシィに日記を書き込むようになったのは、二〇〇六年七月、Facebookフェイスブックに参加したのは、その五年後だ。それから、ほぼ毎日いろんなことを書いている。読むのも楽しみにして、必要と感じると、自分の書き込みにリンクを張ったり、シェアして拡散してもいる。

私が「同居人」と呼ぶパートナーと出会ったのも、SNSだ。精神障害者保健福祉手帳を持つ彼女との暮らしも九年となる。彼女の通う六つの病院と施設に私は同伴しているが、その一つが北海道浦河町の「べてるの家」だ。

べてるの家の「当事者研究」★5を知って、刑務所で日々をまとめた『獄中日記』は、私を私が見る当事者研究だったと分かった。日記から少し抜粋してみる。

〈一九八〇年一〇月六日、検察庁に出頭、川越少年刑務所を経て、中野刑務所に入所〉

・自分の多くの過ち、父の過ち、地裁時の弁護士の過ち、友人との過ち、母の過ち、私と多くの関係の過ち。で、今ここにいる。私の多くの過ちで。無知な私の過ちで。人間は生まれた時から死を見つめ、歩む動物ではないか。いったい私に

とっての本当の時間とは？　それをもう知っているとでも言うのか。（80年11月3日）

〈一九八〇年一二月二日に川越少年刑務所に移送〉

・居直りの自己正当化・居直りの人生。大きすぎる矛盾。精神衛生法。常識とは、基準とは。いい子、悪い子。教育・現実からの逃避＝甘え＝忍耐のなさ＝シンナー＝「狂気」＝「犯罪」＝今↓耐えることの大切な意味、もっと自己に厳しく問い詰める心。口先だけで語るな、人は見ている。一生続けられる職業、人生に賭《か》ける。心と現実、気力、仕事、改革。けして居直るな。（80年12月31日）

・今は八時も過ぎ、九時には寝なければならない私。そのとき、静かに流れる時が囁《ささや》く。明日は六時だよ、と。さあ、気持を入れ替えて、私がそれを解決してあげるから、今はひたすら流れに身をまかせなさい、と。朝見たらおはよう、夜見たらおやすみなさいだよ、と。私は寝る、ひたすら明日のために。（81年3月29日）

〈一九八二年六月一一日、黒羽刑務所に移送〉

・自分の性格が形成されたのはいつごろかな。偏見の克服時がそうだった。自分は、反発を感じると、とことん動かなかった。それは、友を否定され、その友から自分が否定されたときより確実になった。自分は小さいころから人に迷惑をかけてきた。それは確執《かくしつ》に。最初に友と一緒にやったことが自分一人の責任になり、それへの反発、逃避からだった。今でも自分はそうだと思っているが、いかにその行為を正当化しようとしても、できないことは知っている。そして、その行為が悪く、誤りなことも。（82年8月22日）

・自分を振り返る。午後からは工場対抗カラオケ大会、代表三〇名。夜半前（午後七時~八時ごろ）に雨。工場で、終わり間際、昨日のことで、ちょっと。トラブルは避けよ、刈り取れ。（83年7月16日）

・人は死刑囚と同じく、鎖につながれ、死刑を宣告され、毎日他の人が殺されているのを見ている。

今、私はゆるすことが必要です。なぜなら私はゆるされているのですから、ただゆるすということが自分自身の思い上がりになってはいけないのです。「いくつかのゆるされていること、ゆるされていないこと、その一つに、ゆるされているのは時で、ゆるされていないのも時です」。自分が自分をゆるすことはできないでしょう。その一つに罪があてはまると思います。ゆるす、誰がゆるすのでしょう。自分の中の良心、観念。ゆるす、そこにあるのですから。

他人の動きを追う（見る）より自分自身が何かに目標をもって生きることです。生きがいとは、そうした人生への積極性だと思います。（84年10月28日）

・宇都宮でマイナス一〇・八度。おそらく、ここ黒羽ではマイナス一三度ぐらいになったのでは。窓には氷の花、今日初めて。自分自身に対する「なぜ」がわかっていたのは、いつだっただろう。奪い、失いつづけた。……自分の心の宇宙。これだというのをつかみたい。(85年1月18日)
〈一九八五年九月三日、出所〉

絵の具の色を重ねると、下の色は見えない。すべての絵の具の色を混ぜると黒く見える。一方、光は、色を重ねれば重ねるほど白に近く見えていき、空間では透明に感じる。違う世界があるようだが、本来は同じ。太陽の光のエネルギーを人がどう感じるか、光の吸収と反射・透過で見えてくる世界。人間の目の細胞が、そう見させてくれるのだ。

たとえれば、人生を絵の具の色を塗り重ねていくように送っている人が多いように思う。光の世界に気が付かないでいる。私も、いろんな絵の具を混ぜ重ねたような黒い時を過ごしたこともあった。だが、それさえも、私の今をつくったと感謝している。光の色で見れば、人生に闇はないのだから。

★1　検察官逆送　逮捕された少年は身柄を検察官が家庭裁判所に送致、家裁の審判を受けて刑事処分相当だとされたとき、検察官に少年の身柄を送り返すこと。これにより成人と同じ公開の刑事裁判になる。

★2　未決通算　逮捕勾留《こうりゅう》された期間を裁量のうえ刑の執行とみなすこと。判決で言い渡される。

★3　共依存　配偶者や家族などの特定の相手に「自分がいなければ」「愛情を注がなければ」と接し、相手から依存される関係に自分の存在価値を認める状態。医療現場でなく看護現場から規定された。

★4　中田修鑑定　東京医科歯科大学教授（当時）による鑑定。中田教授は精神科医であり「犯罪精神医学」を専門とし当時から著名だった。このときの鑑定については『〈新版〉ドキュメント精神鑑定』（佐藤友之、現代書館、一九九三年）に五〇ページあまりとって詳しく書かれている（「第一章　精神鑑定のカラクリ」）。

★5　当事者研究　統合失調症などを抱えた当事者が自らを対象に生きやすさに向けて研究し、「自分の助け方」に取り組む活動。「浦河べてるの家」を中心に始まり、当事者研究の集まりの全国ネットワークもある。

あとがき

この本は、二〇〇六年七月から書き始めたソーシャルネットワークサービスのミクシィの日記をもとにしている。

日記の文章量は膨大であり、当初はそこから適宜選んで、時系列で並べようと思っていた。しかし、選択作業を進めるため、改めて日記（一日に複数回書いてある日もある）を読んでいくと、各々が短いものが多く、内容が重なっているものもあることが分かった。自分の記録としてまとめようというのが、この本をつくる目的の第一であったが、やはり読んでいただきたいという思いが強くなっていった。

そこで、私が書きたかったことを整理してまとめ、原稿も大幅な加除修正を行なっている。章のタイトルは、私が特に大切に思っているアイヌの言葉の意味からとった。この日本語に置き換えた意味やアイヌ語の表記の仕方など、違うとのご指摘もあろうかと思う。また、アイヌの文化や歴史についても、私の認識が誤っている可能性もある。弁解しだすときりがない。なにとぞご容赦《ようしゃ》願いたい。

この本を世に出すまでに、遡れば若いときから、たくさんの方たちにお世話になった。ミクシィ日記とこの本の原稿づくりにおいても、ブログやホームページなどのサイトや書籍を参考にさせていただいた。紙面を借りて、心から感謝申し上げます。

最後に、この本の刊行にあたり、一緒に畑を耕し収穫しているパートナーの「同居人」からもらった短文を紹介したい。

「私は、自分の持っている心と身体の病気と真摯《しんし》に向き合っていきたいと思うように変わりました。私も含めてみんな、メディアや教育で経済至上主義に洗脳されてしまっていると思います。でも、本当はそうではなく、自然や人との温かな触れ合い、厳しさも含めてコミュニケーションすべてがお金には代えられない幸せであると、北海道に来てから日々の生活で私は感じています。

水谷さんと〈育み合い育てる〉というウレㇱパモシㇼの世界に参加することは、私自身の生きがいになっています。水谷さんと愛犬ピㇼカとタオに謝意を表します」

こちらこそありがとう。関わり合った人びと、亡くなった恋人、元配偶者、子どもたち、そして先住民族アイヌ、自然……、重ねて申し上げます。どうもありがとうございました。

拝　礼　拝

二〇一八年八月　　　　　　　　　　　　　　　　　水谷和弘

追記　九月六日未明、大きな揺れが我が家を襲った。「平成30年北海道胆振《いぶり》東部地震」震源地の近くに私たちは暮らす。私たちは、私たちができることをやっていく。北海道を応援してください。

あとがきのあと　ちょっと長い補足

同居人と私――「おわりから始まること、あるいは光の色で見ること」補足

感謝の気持ちはひと言《こと》だけ「あとがき」で記しましたが、同居人へのありがたいと思う私の心は簡単に書けないのでした。

同居人に聞いた話です。父親は、何か気にくわないことがあると、母親や妹、自分に暴力を振るっていたと言います。父親の暴力が妹と母親に向かわないよう、自分に向かうように、あえて挑発までしたと、そんな話も聞きました。

私は、両親による暴力――精神的なものでしたが、それに対して、私なりに激しくやり返しました。暴力への対抗が一連の不良行為となった。もちろん、理不尽で許せない行為

だと思っています。そして、懲役刑を終えたあとは〝間《ま》を空ける〟というか、人とは距離感を意識して過ごしていました。親きょうだいと縁は切らずとも、近づかない。女性とのおつきあいにしても、一定の距離をつくっていたと思います。

実のところ、親きょうだいは干渉してきませんでした。その後、私のほうが親に近づくようになり、結婚して子どもが生まれると、孫の顔を見せに実家に行きました。母が喜ぶ姿は忘れられません。

父が亡くなり、兄が亡くなり、母と私と妹と弟がそれぞれに生きて……。やがて母に死が訪れ、三人きょうだいが残されましたが、母は遺言書を用意していませんでした。頭が切れて、ボケないように晩年までジグソーパズルをしていた母がなぜ?

私が「やり返したこと」で、家族、近隣の方がた、被害に遭われた方がたに、散々迷惑を掛けてきた。どんなに謝っても許されない不良行為であり、そのことをいちばん憂《うれ》いていただろう母の結論は、兄(私)と妹と弟で話し合って財産を均等に分けてほしいということだった。そう考えた私でした。私の中の思い出ではすぐに感情的になった母。そんな母が彼岸に渡って祖霊と一緒に、茫然《ぼうぜん》としている私を半ば呆《あき》れながら見ている気がしました。

結局、母の遺産相続に関しては、まず三分の一ずつきょうだいで分けることとし、妹には母の介護と家の切り回しに対する寄与分として私の遺産の一部を充《あ》てました。

彼我《ひが》を隔《へだ》てるもの──「平和を望むなら」「働かせてくださいっ!」「〃民族〃として根源で繋がっていればいい」補足

文化の違い、コミュニケーションの取り方の別、生活の差異等々、属するレイヤーで異なることはあまりに多い。だから、たとえば山の民と平地の民の境界、境目に大木や石をシンボルとした「社《やしろ》」が設けられもする。道端に見る「祠」も何らかの境であることは少なくないのだろう。社や祠でと結界をつくる例もある。

アニメ映画『千と千尋の神隠し』の冒頭、千尋と両親は道に迷う。さらに進むと小さな石の祠と質素な鳥居を従えて、ご神木が空を突いていた。父親は強引に車のスピードを上げて、結界を越える。そこに広がっていたのは「不思議の町」だった。理解できないことが次つぎ起こるけれど、千尋は千となって働き、コミュニケーションの力をつけていく。

八百万の神々のもと、八百万の部族と長《おさ》がいた、本来は。豊かな幸を得ているときと、そうでないときとでは、長のあり方、社・祠と結界に対しての思いは変化していくのだろう。文明が、経済が、あるいは教育が、留意を促すべきものとして叡智がつくった社・祠・シンボルを隠してきたのではないか。

私たちは、山の民と平地の民のように──とまでは言いませんが、彼我=他人と自分ないし相手方と自分方には自ずと隔たりがあるのではないでしょうか。目に見えない社や祠が境界をつくっています。〃我〃が境界を強行突破すれば、それが好意や信頼のつもりであっても、〝彼〟にとっては恐怖や依存を招く原因になる危険があります。

ここでも、相手の心にそっと触れるということが大切なのだと思います。イランカラプテなのです。物を所有することも、究極は「心の思い」とともにあります。ここでも、戒めとして「足るを知る」ということで落ち着くのではないでしょうか。

お互いをリスペクト＝尊重することができれば、内観も容易になるのでしょう。内観とは、我の内面を観ることによって我の真理・真実を知ろうということです。彼の真理・真実にも近づけるのだと思います。「当事者研究」にも通じているのでしょう。

でも、人と人の「間《あいだ》」には境目があることは忘れないでいようと思います。

当事者と当事者を支える人びと、あるいは歴史をつくる者としての自覚――『たどりついたアイヌモシㇼで～ウレㇱパモシㇼに生きる～』補足

「当事者研究」という言葉に触れたのは、私が介護を援《たす》け生活を共にしている同居人の通院する北海道浦河町赤十字病院精神科とべてるの家ででした。私にとっては九年前のことであります。現在、病院はひがし町診療所（精神科）です。

ホームページから引用すれば、「べてるの家は、有限会社福祉ショップべてる、社会福祉法人浦河べてるの家、NPO法人セルフサポートセンター浦河などの活動があり、総体として「べてる」と呼ばれています」「そこで暮らす当事者達にとっては、生活共同体、働く場としての共同体、ケアの共同体という3つの性格を有しており、100名以上の当事者が地域で暮らしています」。「カフェぶらぶら」という素敵なお店もやっています。

「べてる」は現在の日本の資本主義の矛盾を突いてそこから〝生活〟を解放し、本来の生活の在り方を取り戻そうとしているように私は感じます。

永山則夫さんと私は、東京拘置所で二度面会しています。三〇年以上前のことです。永山さんは、自分が一九歳で起こした連続射殺事件の「原因・動機・結果」を明らかにすることが、犯罪《心の病・ゆがんだ性格状態・自傷他害行為・鬼と呼ばれる行為（鬼畜行為）》を繰り返させない社会運動になると主張しました。『無知の涙』『人民を忘れたカナリアたち』などたくさんの著書を持つ永山さんが起こし、支援グループができた「反省―共立運動」は、当事者研究だったと今の私は思っています。私が二〇〇一年に上梓《じょうし》した『獄中日記』のサブタイトルに「16歳の罪と罰」を置いたのも、永山さんの反省―共立を意識していたのでした。

私たちが精神的にも肉体的にも健康に過ごすのに必要な条件は「衣食住の確保」です。それは、適時風呂に入り、下着や服を着替え、病気になれば病院へ行き、そしてバランスの良い食事を取れて、さらに環境が良い住居があり、ストレスが無い、睡眠も十分――これらが確保されることで本来の健康が維持されていきます。

さらに大切なこと。それは、精神的成長に関して言えば、幼いとき十分に親に甘えられる環境と安定した親子関係、トラウマを生じさせない親子もしくは家族間の信頼関係があることです。血の繋がりは必要条件ではありません。無垢な信頼が寄せられる相手がいるか、ということだと思っています。精神科へ通う人たちの問題解決のヒントにもなるのではないでしょうか。脳機能障害という問題を抱えてもいるとは思っていますが……。

いずれにしろ、一般に不良と呼ばれる人たちや虞犯《ぐはん》少年は、上記が確保されずにいることが多いのです。私は、同居人と私自身にこの条件を満たすようにしています。こうした一つひとつの条件の確保と、併せて偏見をなくすことが重要なのです。

精神科へ通う人たちの多くは、熱が38度ある状態とも考えることができます。べてるの家のメールマガジンの名前は「ホップステップだうん！」です。平熱の人は、熱が高い人とどう寄り添うことができるでしょうか？

病状が出ない寛解状況を続けるには、コミュニケーションが取れる信頼が前提。また、病状が出ているとき、寛解が止まる状況が見られるとき、「ガンバレ」は禁句です。

やっぱり補足もうまくまとめられませんでした。読んでくださった方、ありがとうございます。補足の補足です。

歴史は過去の記録で収まるものではありません。今まさに私、私たちによってつくられています。あなたと未来でお会いできるのを楽しみにしております。

著者略歴

水谷和弘（みずたに・かずひろ）

1955年埼玉県生まれ。2000年、アイヌモシㇼ（北海道）に移住。約3反の畑とホダ木（茸栽培）をもとに有機無農薬・農業に取り組む。精神障がい者2級の手帳を持つ同居人がおり、片道100キロ以上ある病院2ヶ所を含め6ヶ所の病院の付き添いで日々を送る。

精神障がい者の私の介護のモットーは、「孤独」にしない「孤独感」を抱かせないこと。言葉だけでなく、より良い食事や睡眠を得られるよう心を配り、落ち着く部屋の提供、着替えや入浴の介助など生活に必要なことをサポートしていく、医師との相談はもちろん、時として睡眠薬を処方してもらうことなど医療面も支える——そして、優しく優しくもっと優しく、何を言われても優しくすること。介助・介護は双方向のコミュニケーションなのだ。

ウレシパモシㇼ（北海道）で教えられたこと——育て合い慈しみ合って生きることの大切さ。

著書に『獄中日記～16歳の罪と罰～』（三樹書房、2001年）がある。

たどりついたアイヌモシㇼで

――ウレㇱパモシㇼに生きる

2018 年 9 月 27 日　初版第 1 刷発行

著　者　　水谷和弘

発行所　　株式会社はる書房

〒 101-0051 東京都千代田区神田神保町 1-44 駿河台ビル

電話・03-3293-8549　FAX・03-3293-8558

http://www.harushobo.jp

郵便振替　00110-6-33327

組版・装幀　エディマン（原島康晴）

装　画　　海津 研

アイヌ文様　モレウ提供

印刷・製本　中央精版印刷

ISBN978-4-89984-177-7